从今天起，做个幸福的人

哲思·智慧卷

○人民论坛网　编著

人民日报出版社
·北京·

图书在版编目（CIP）数据

从今天起，做个幸福的人：智慧卷 / 人民论坛网编著 . —北京：人民日报出版社，2022.12
（哲思）
ISBN 978-7-5115-7563-0

Ⅰ.①从… Ⅱ.①人… Ⅲ.①散文集—中国—当代 Ⅳ.① I267

中国版本图书馆 CIP 数据核字（2022）第 211159 号

书　　名	从今天起，做个幸福的人（智慧卷） CONG JINTIAN QI, ZUOGE XINGFU DE REN
编　　者	人民论坛网编著

出 版 人	刘华新
策 划 人	欧阳辉
特约策划	陈阳波　王　慧　杜凤娇
责任编辑	寇　诏
文字编辑	杨冬絮
特约编辑	翟羽佳　常　嫦　王思楠　王　爽　银冰瑶　曲统昱　刘　璇
封面设计	观止堂_未氓
版式设计	陈　琳
插图来源	摄图网　千图网

出版发行	人民日报出版社
社　　址	北京金台西路 2 号
邮政编码	100733
发行热线	（010）65369509　65369527　65369846　65369512
邮购热线	（010）65369530　65363527
编辑热线	（010）65363105
网　　址	www.peopledailypress.com
经　　销	新华书店
印　　刷	北京博海升彩色印刷有限公司
法律顾问	北京科宇律师事务所　（010）83622312

开　　本	880mm×1230mm　1/32
字　　数	81 千字
印　　张	7
版次印次	2023 年 3 月第 1 版　2023 年 11 月第 2 次印刷

书　　号	ISBN 978-7-5115-7563-0
定　　价	49.00 元

目录

A 从今天起,做个幸福的人

如果事与愿违,请相信一切另有安排 / 3

最好的情绪,要留给最亲的人 / 7

人性中的愚蠢,就是自以为是 / 11

生命来来往往,来日并不方长 / 15

人到中年,请明白这 3 点 / 22

你的碗里,藏着你一生的福气 / 26

越是难熬的时候,人越要体面 / 30

保持好心态的 4 个习惯 / 34

生活,一半诗意,一半烟火 / 38

B 余生苦短，别让遗憾太长

命运赠送的礼物，早已标好了价格 / 47

所有幸福，都源于内心知足 / 50

这才是最正确的生活态度 / 54

幸福的人生，就藏在这 4 个公式里 / 57

有一种成熟，叫作先管好自己 / 61

你的形象里，藏着你的教养 / 65

做人做事，干脆利落 / 68

提升幸福感的 4 件小事 / 72

8 个高赞回答，越早明白越受益 / 76

C 没有一个冬天不可逾越，
没有一个春天不会来临

许多人生的大戏，到了中年才能看懂 / 87

人类的智慧：等待和希望 / 91

一切都会过去，一切都将重新开始 / 95

越忙，越要沉住气 / 99

把日子过好，比什么都重要 / 104

直击人心的 4 句话，给辛苦了一天的你 / 109

人一生中会经历的 3 种变化 / 114

行走，是富养自己的较好方式 / 119

人生最幸福的 6 个瞬间 / 123

 当你强大，整个世界才会对你和颜悦色

真正优秀的人，从来都是不动声色 / 135

当你强大，整个世界才会对你和颜悦色 / 139

认真生活，是一个人最了不起的态度 / 143

一个人有这4个特质，早晚能成大事 / 147

做个简单人，走好脚下路 / 151

丰富自己最好的方式 / 156

每份工作都是一种修行 / 160

生活，永远不会亏待这3种人 / 163

一个人内心变强大的5个迹象 / 166

E 愿你历经沧桑，内心依然无恙

一个家庭最好的状态，是做好 3 件事 / 177

人生最好的生活方式，就 3 个字 / 181

学会给生活做减法，幸福才会做加法 / 185

人的一生，要耕好这"三块田" / 188

人生最应该坚持的 5 件事 / 192

愿你历经沧桑，内心依然无恙 / 197

生活简单就迷人，人心简单就幸福 / 201

从今天起，做个幸福的人 / 205

从今天起,做个幸福的人

如果事与愿违，
请相信一切另有安排

若你身处困境，感到心灰意冷，爱情、友情、事业、梦想都成泡影，试着转换角度问问自己：福祸相依，谁能知道未来不会向好的方向改变呢？

生活总会给你答案，但不会马上把一切都告诉你

一个旅行者，在一条大河旁遇到一位婆婆，她正在为渡水发愁。已经疲惫不堪的他，用尽浑身的气力，帮婆婆过了河。过河之后，婆婆什么也没说，匆匆上路了。旅行者很懊悔，自己耗尽力气去帮助婆婆，却连"谢谢"两个字都没有得到，似乎很不值得。

几小时后,就在他累得寸步难行的时候,一个年轻人追上来。年轻人说,谢谢你帮我的祖母,祖母嘱咐我带些东西来,说你用得着。说完,年轻人拿出干粮,并把自己的马送给了他。

其实,等待原本就是生命中一个重要篇章。即便你向空谷喊话,也要等一会儿才会听见那绵长的回音。认识到这一点,你会淡定很多,不会因为等待而焦灼不堪,反而会享受其中,有一种云淡风轻的悠闲。

不必急着要生活给你所有的答案,有时候,你要拿出耐心等等。最重要的是,在最终答案出来之前,你要耐得住性子,守得稳初心。

山有峰顶,海有彼岸;漫漫长途,终有回转;余味苦涩,终有回甘。

而且,美好的事情,是值得花些时间去等待的。因为期待着美好,所以连等待的时光你也会感觉美好起来。真正懂生活的人,知道什么值得等待,并且会用心等待。等那些必须等的事,等那些值得等的事,等那些美好的事。

感恩生命中遇到的一切

泰戈尔说过:你今天受的苦,吃的亏,担的责,扛的罪,忍的痛,到最后都会变成光,照亮你的路。不必因当下的困顿和失去而一蹶不振,感恩生命中所遭遇的一切。把眼光放远,把视野放大,你就能明白,所有的丢失,都是为珍爱之物腾位置;所有的匍匐,都是高高跃起前的热身;所有的支离破碎,都是为了来之不易的圆满。

生命中的一切,我们都无须拒绝。无论走到生命的哪一个阶段,都该喜欢那一段时光,完成那一阶段该完成的职责。遇到的人,善待;经历的事,尽心,如此就好。如果当下痛苦,请相信未来一定美好,如果事与愿违,请相信一切另有安排!

错过不一定是遗憾,有些美好是该错过的

一位游客听说有一个地方景色绝佳,于是他决定不惜一切代价也要找到那个地方,一饱秀色。经历数年的跋山涉水,他已相当疲惫,但目的地依然未知。

这时,有位老者给他指了另外一条岔路,告诉他美丽的地方很多很多,没必要沿着一条路走到底。他按老者的话做了,不久就看到许多令他赞不绝口的景色。他流连忘返,庆幸自己没有一味地找寻梦中那个美丽的地方。

《檀香刑》里说:世界上的事情,最忌讳的就是个十全十美,你看那天上的月亮，一旦圆满了，马上就要亏厌；树上的果子，一旦熟透了，马上就要坠落。凡事总要稍留欠缺，才能持恒。

跋涉于生命之旅，我们的视野有限，不能把所有的美景尽收眼底。有些错过，自有它的道理。很多时候，恰恰是你认为的最想要的东西，阻止了你找寻真正应该找的东西。心里放不下的执念，总让我们把想得而未能得到的当作最美的风景，这是人最容易犯的一个错误。要知道，遗憾的感觉总是相似的，美好的事物却各有各的美好！只要你的眼睛和心灵始终在寻找，幸福和快乐很快就会来到。

决定了，就去做；失败了，不后悔；错过了，不遗憾。不沉迷于过去，不狂热地期待未来，顺生而行，逆风拼搏。

愿你我终有一天向别人讲起自己的故事时不会成为事故，愿你我活成自己的"神作"，愿你我能在多少年后感叹：这一切，真的都是最好的安排。

最好的情绪，
要留给最亲的人

有人说，人们日常所犯的最大错误，是对陌生人太客气，对亲密的人太苛刻。之所以会出现这样的反差，一个重要原因是，在有些人看来，外人不能得罪，而家里人不会记仇，也不会离开自己。

殊不知，无所顾忌，不代表被伤害者全不在意；轻易原谅，也不代表感情没有得到伤害。有位哲人说："对亲近的人挑剔是本能，但克服本能，做到对亲近的人不挑剔是种教养。"不应该仗着家人对你在乎和珍视，就忘了彼此都是互相独立的个体，没人有义务做你情绪的宣泄口。

遇事不责备

梁启超婚姻美满，九个子女相处融洽且个个成才，这与梁启超的家庭经营之道有关。

有一天，次女梁思庄因考试只得了第十六名而十分沮丧，梁启超安慰女儿："庄庄，成绩如此，我很满足了。能在三十七人中考到第十六。好乖乖，不必着急，只需努力便好了。"

他常对子女说："将来是否有成就，当然还是看天分……但问耕耘，莫问收获……尽自己能力去做，做到哪里是哪里。"

没有居高临下，没有打骂责罚，多是鼓励、信任和尊重。在如此良好家风的熏陶下，梁启超九个子女都取得了不凡的成就，可谓"一门三院士，九子皆才俊"。

有本书中写道："我们习惯于对家人大喊大叫，指责而不去理解，命令而不去沟通，学不会道谢，也不懂得道歉。我们都觉得自己已经为家庭生活付出了太多，却忽视了最关键的一点：有效沟通。"

家人无需分胜负，感情不必论是非。家人齐心，其利断金。一个家，最重要、最珍贵的就是和睦与真情。

最好的情绪，要留给最亲的人

孔子说"色难"，意思是对待父母，和颜悦色是最难的。

逢年过节带着礼物去看望父母，或者给父母请保姆、吃大餐，相信很多人都能做到，但有的人却很难做到一直对父母和颜悦色。

有人总结了儿女常对父母说的6句话：好了好了，我知道，真啰唆；说了你也不懂，别问了；你们那一套早就过时了；叫你别收拾我房间，你看东西都找不到了；我要吃什么我知道，别给我夹；我自己有分寸，别说了，烦不烦。想想这些话，我们是否也对父母说过？

那些对着亲近的人说出口的伤人的话，就像钉入木桩的钉子，也许事后你道歉了，但即便拔出钉子，创口还留在那，永远都无法复原。

生命来来往往，来日并不方长。身边的亲人，拥有的物件，你看到的一切，说不定哪天就会消散。到那时候，往昔所有的愧疚、遗憾和错误，再也无法弥补。所以，把最好的情绪留给最亲的人，才不会让自己的人生留有遗憾。

好好说话,好好珍惜

　　世界很大,唯有家是港湾。人一生遇见的人很多,但能长时间陪伴你的,只有家人。爱是宽容,并不意味着我们可以一味索取;爱是忍耐,从不意味着我们可以肆意妄为。

　　与家人相互指责、抱怨、争论对错,真的没有意义。明明彼此依赖,就不要给爱加上刺,不要让双方遍体鳞伤。此生缘分难得,和家人在一起的时候,一定要好好说话、好好相处、好好珍惜。

　　其实好的家庭,不在于锦衣玉食,也不在于腰缠万贯,而是在相处中多一分包容,少一分指责;多一分理解,少一分抱怨。余生,请把最好的情绪,留给最亲的人。

人性中的愚蠢，就是自以为是

做人，不能没有自知之明；做人，又最难有自知之明。

福楼拜曾写道："大地有其边界，人类的愚蠢却没有尽头。"人这辈子，最大的敌人不是别人，正是自己。很多时候，有的人无法及时发现和克服自身的弱点，总会自以为是、狂妄自大，想以救世主身份自居，结果却落得一场自编自导自演的荒诞剧，让世人见笑。

自以为是，太傻

古时候，有一个读书人，书法很差，却喜欢到处给人题字。

有一次，他参加读书人的聚会，忽然发现人群中有个熟人手拿一把打开的扇子，扇面洁白干净。他大喜，急忙拿起旁边桌子上的笔，跑过去把扇子抢过来，就要题字。

对方定睛一看是他，大惊失色，立刻扑通一声跪下了。他兴高采烈地说："不过写几个字，区区小事，何必行此大礼？"对方说道："我不是求你写，我是求你千万不要写！"

生活中很多人不是输在能力上，而是性格上，习惯性地自以为是，目空一切。

天外有天，人外有人。聪明的人明白，唯有承认自己的不足，懂得欣赏他人的优点，取长补短，才会不断地进步，不断地成长。别太把自己当回事，放下自以为是、偏见和面子，谁又能伤害你呢？

自省，让人头脑清醒

海涅曾说："反省是一面镜子，它能将我们的错误清清楚楚地照出来，使我们有改正的机会。"

唐太宗李世民就深谙自省的智慧。

有一次，魏征在朝堂上跟唐太宗争得面红耳赤。唐太宗实在忍不下去了，便想拂袖而去，魏征却上前抓住了唐太宗的袖子，非要让唐太宗听完自己的观点。魏征的做法，让唐太宗很丢面子，但为了保全自己"善于纳谏"的好名声，他只好强忍住不发脾气。

退朝以后，唐太宗气冲冲地回到后宫，并对长孙皇后说："总有一天，我要杀了魏征这个乡巴佬！"长孙皇后听了事情的由来，一声不吭，立刻转身回到自己的内室，换了一套正式的礼服，向唐太宗下拜。

唐太宗吃惊地问道："你这是干什么！怎么突然行此大礼？"长孙皇后说："我听说只有英明的天子，才会有正直的大臣。如今魏征这样正直，正说明陛下的英明啊，我怎么能不向陛下祝贺呢！"长孙皇后的一席话，不仅浇灭了唐太宗的满腔怒火，也让他清醒地认识到这件事的重要意义。

从此之后，魏征在朝堂上直谏，唐太宗不仅不生气，反而常常反省自己。正是看到魏征耿直的本性和经国之才，太宗对其不断委以重任。魏征去世时，唐太宗说"朕亡一镜矣"。

能够反躬自省的人，就一定不是庸俗的人。自以为是，往往是堕入深渊的前兆；时常反省，才能渐渐打开成功的大门。一个人，只有看清事物真相、时常反躬自省，才能少摔跟头，少走弯路。

真正的高贵,是骨子里的谦卑

《菜根谭》中说:"处世让一步为高,退步即进步的张本;待人宽一分是福,利人实利己的根基。"

骨子里有一份谦卑的人,才能以德服人,以能力服人。在私底下,他们不会自恃过往取得的成绩,而会以不卑不亢的姿态示人。

如果来往尚浅,你不会意识到他们的独特,能看到的只有干净的外表、平和的态度,仿佛他们也没意识到自己"很了不起"。

国学大师章太炎给后人的遗训说:凡人总以立身为贵,学问尚是其次,不得以富贵而骄矜,因贫困而屈节。他的孙子是一位普普通通的教师,每天一身蓝布中山装,教书育人没有一丝懈怠。有人和这位教师做了几十年邻居,才知道他的"显赫"身份。

在人的一生中,会遇到无数人。有些人衣着平常,却成就非凡;有些人言行高调,却浅陋无知。虽说谦卑并不能直接成就一个人,却能促进一个人的修为。

不要把别人看得太低,也不要把自己看得太高。无论走到怎么样的高度,保持一颗平常心最重要。俗话说得好:"自信是一回事,但是盲目的自信只会带来失败。"

生命来来往往，
来日并不方长

人生，不过短短的 900 个月（中国人的平均寿命约 75 岁）。画一个 30×30 的表格，一张 A4 纸就足够了。如果每过一个月，在一个格子里涂掉，全部人生就在这张纸上………

如果你是一位 30 岁上下的心力交瘁的上班族，你的人生是这样的：

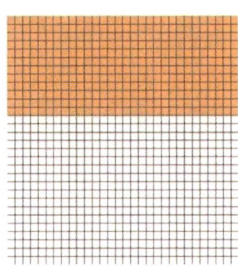

假如你刚有了孩子，在孩子上幼儿园前你能和他朝夕相处的日子是这样的：

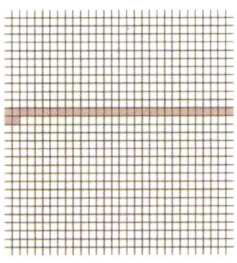

在你的孩子考上大学离开家之前，你们大概能相处这么久：

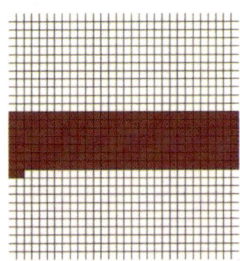

假设我们的父母平均50岁，他们的人生是这样的：

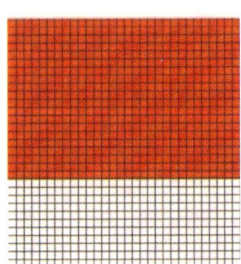

假如你们天天见面,你能陪伴他们的时间是这样的:

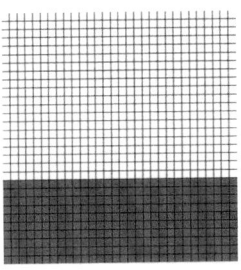

假如你们一个月见两次面,你能陪伴他们的时间就是这样的:

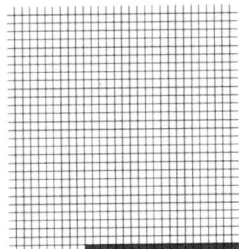

假如你们一年见一次面,你能陪伴他们的时间就会是这样的:

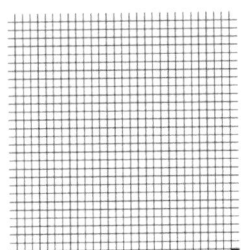

看完是不是心里咯噔一下？被量化的人生竟如此短暂。在忙碌的工作和生活中，我们是否应该静下心来，思考什么是我们真正想要的生活。

别熬夜了

健康也是一种责任，好好活着才是最大的财富。

抗癌健康网上有一组数据，让人触目惊心：中国每天有1万多人被确诊有新发癌症，每天有近6600人死于癌症。40岁之前，癌症发病率处于较低水平，之后开始快速升高。也就是说，人至中年，随之而来的，不仅是生存的压力，还有身体的预警。

年轻时熬夜加班工作，对健康不以为意。直到有一天，你的身体出现了问题，生了一场大病，去了一次医院，这时会发现，赚了很久的钱不够你在医院里住几天、动一次手术。这时，你才开始后悔，为什么不好好珍惜身体。

一个"70后"朋友说，现在没事都不敢去体检，害怕面对不可预知的结果。而"80后"也开始恐慌：我知道自己身体可能出了毛病，不检查我可以骗自己没事，一检查，连自欺都不能了。

倒推人生

如果今天是你生命的最后一天,那么你今天所要做的事情会不会是你想做的?如果每天这样问自己,答案连续很多天都是"不"的话,你就该做出改变了。

死亡会帮助我们梳理人生中最重要的东西。

今天早上出门没带伞,结果下雨了,运气真糟是不是?时间有点紧,狂奔着去追赶那辆20分钟才来一趟的公交车,但是没有赶上,运气真糟是不是?到了公司,发现昨晚写的一个重要的报告忘了保存,运气太糟了是不是?

当你快要离开这个世界的时候,你还会为这些事情懊恼吗?当然不会。

每一天,包括即将逝去的此刻,都不会重来。没有草稿或者预演,每一刻,都是现场直播。

但你可以做到,每天做不留遗憾的事,或者做最想做的事,成为最真实的自己。

生命来来往往,来日并不方长

很多时候,我们常常以为来日方长,有足够的时间做各种各样的事。

这个月工作实在太忙,还是等下个月再回家看看爸妈吧;之前的误会都是自己的错,还是等下次见面的时候亲口道个歉吧;喜欢一个人却不敢说出口,还是等他主动向自己告白吧……然而,人生又有多少个"下次",多少个"回头"?

作家史铁生曾在《秋天的怀念》中写过这样一个故事:自从双腿瘫痪后,他就无法控制好自己的脾气,变得暴怒无常。面对母亲的悉心照料和小心翼翼,他忍不住以最坏的语气刺回去。有一天,母亲央求他一起看花,见他答应明天去,母亲就兴冲冲地去做准备,只是这么一出门就再也没回来。事后,史铁生追悔莫及,再也无法实现和母亲一起看花的愿望。

的确,世间除了生死,其他真的全都是小事。很多失去,往往只有亲身经历过,才懂得什么叫作刻骨铭心。

"世上没有永恒不变的事物。欢笑不长久,欲望不长久,生命本身,也会走到尽头。所以人生在世,最要紧的就是活在当下,把手中的东西紧紧抓住。"生命来来往往,来日并不方长。

与其遗憾过往,倒不如珍惜当下:陪父母吃吃饭,与友人谈谈心,和恋人逛逛街……你真正想要的东西,都会以某一种方式到来。人生无常,时间在生死面前,变得弥足珍贵。

人到中年，
请明白这3点

什么是能吃苦

有人说，现在所谓的能吃苦，早就不是指在身体上、在生活条件上能够遭多大的罪，而是多指两件事：第一，能不能对变化有所觉察；第二，能不能做到自我约束。

比如，你要想保持得体的社交形象，既需要时时刻刻对自己的衣着、妆容、气味、坐姿、站姿等有所觉察，而且还能持续地自我约束。

这些事看起来轻松，但其实比经常加班熬夜难多了。这才是真正的吃苦。

用另外一只眼睛看清自己

在一位著名画家创作的一幅肖像画里,许多成年人只露出来一只眼睛。别人问其是何用意,他说:"因为我用一只眼睛观察周围的世界,用另一只眼睛审视自己。"

细细品味,这句话富含哲理。按理说,每个人对自己应该是非常了解的,何须"用另一只眼睛审视自己",原来,人们常常习惯于盯着别人的缺点,却容易忽视自己的不足。有的人被浮云遮眼、欲望遮心,沉迷于灯红酒绿,沉沦于功名利禄,把自己变成"最熟悉的陌生人",甚至是自己曾经讨厌的那类人,还不自知。正因此,人们视"人贵有自知之明"为宝贵品质,把"认识你自己"看成很不容易的事情。

北宋名臣范仲淹每晚临睡前进行"自计",盘算一天所做的事情与自己的俸禄是否相称;明朝尚书杨鼎以"十思"为座右铭,常常检视自己的德行。古往今来,只有坚持"三省吾身",持续进德修业的人,才能成就人生、抵达高境界。

学会适时收起你的大方

大方，固然是一种美德。可一旦过了头，好心却不一定有好报。

人到中年，请收起你的大方。别人的求助，量力而行。话别说太满，事别管太宽。自己能力范围之内的忙，能帮就帮；超出自己能力范围的忙，切莫逞强。

与人为善是品德高尚，但善良也要有尺度。别把自己的善良给错了人，别做那些费力不讨好的事。珍惜来之不易的财富，让自己和家人过上好日子，才是最踏实的幸福。

儿女的人生，顺其自然。朱熹曾说："溺爱者不明，贪得者无厌。"在父母的庇护下，孩子习惯接受和索取，觉得一切都可以轻而易举地得到。因此不懂得珍惜，萌生了贪念、滋长了惰性。这样的孩子，哪怕看起来很优秀，但实质上对于家庭、对于社会也无太多益处。俗话说得好："儿孙自有儿孙福，莫为儿孙做马牛。"父母只能为孩子遮挡一时风雨，不如趁早教会他们抵御风雨的能力。路在脚下，终究要靠孩子自己走，做父母的要学会放手。

你的碗里，
藏着你一生的福气

四方食事，藏着一碗人间烟火。正因如此，你的碗里，也藏着你一生的福气。

碗净福至，俭以养德

《易经》中说："君子以慎言语，节饮食。"

曾国藩的衣着十分朴素，衣袍鞋袜大多是他夫人做的，30岁那年破例做的一件天青缎马褂，他一穿就是30年。曾国藩对居住也不讲究，习惯在床上铺草席、盖土布、住老屋，甚至家门口也不挂任何"相府""侯府"之类的匾。被问及个中缘由，曾国藩说："凡居官不可无清明,若名清而实不表,尤为造物所怒。"

俗话说富不过三代,但因为曾国藩的言传身教,曾家六代子孙兴旺了百年,被后人赞誉为"曾家无一是废人"。

一粥一饭,当思来处不易;半丝半缕,恒念物力维艰。蔡澜先生出过一本书,名字叫作《碗净福至》。碗净,寓意珍惜,是指对食物的尊重,对制食人的感恩,对自然赠予的敬畏。如此,方能从每天的一饮一食中收获福气,从容而优雅地走好这一生。

暴殄天物,福报折损

相传,明朝有个富人叫张义方,家有良田万亩,过着锦衣玉食的生活。佃农们日日辛勤耕作,年年给他缴纳租粮。年复一年,收上来的粮食堆积如山,他们一家一时半会也吃不完,就放在粮仓里存着。有人劝他,这些富余的粮食可以拿出来救济穷人,也算是给自己积福。但他拒绝了这个建议,还和朋友生了嫌隙。时间一久,存粮发霉了。张义方也不急,把发霉的粮食或者倒掉,或者拿去喂牲畜。

"倒下的是剩饭,流走的是血汗。"有人说他造孽,但他却毫不在意。正德六年(公元1511年)黄河决堤,张义方的万亩良田和万贯家产无一幸免,尽数被毁。因为张义方的人品太差,没人向他伸出援手,一家人在灾荒中被活活饿死。

人无寿夭,禄尽则亡。惜衣有衣,惜食有食。每一粒粮食都来之不易,即便是亿万富翁,纵有家财万贯、良田万亩,也没有资格去浪费。人啊,饱时省一口,饿时才能得一斗。

人的修养,从饭桌上体现

某节目中嘉宾分享过一个故事。一次,父亲与儿子的生意伙伴一起吃饭,饭局结束后,父亲对儿子说:"孩子,我觉得你这位朋友不可深交。"儿子不解。父亲解释道:"他夹菜有个习惯性动作,就是把筷子插进菜里翻上来,再扒拉两下夹起菜来,根本不顾及别人。"

果不其然,过了一段时间,儿子这位生意伙伴因为眼前的蝇头小利铤而走险,锒铛入狱,断送了个人前程。

有人说,饭局上最容易看清一个人,举手投足间暴露其品行。吃饭的时候,凡是第一个抢着夹菜,挑大块肉吃的人,八成生活里是自私的;那些在你吃东西时一定要借着光尝一尝的人,大概生活中也常常想着占别人的小便宜;而那些肯为你盛一碗汤,把鱼肚子最厚实的那块肉夹给你的人,可能是你最亲近的人,也是正直的、善良的、值得信赖的人。

饭桌,好比一面镜子。能够"好好吃饭"的人,不仅懂得独善其身,更懂得兼济他人。在不动声色中赢得好人缘,让人生的路越走越宽。

越是难熬的时候，
人越要体面

大教育家张伯苓常讲："人可以有霉运，但不可有霉相。"意思是人越倒霉，越要面净发理，衣整鞋洁，让人一看就有清新、明爽、舒服的感觉。这样的话，霉运很快就可以过去，人生也会迎来转机。越是难熬的时候，越要活得体面。

精神体面

作家普里莫·莱维曾写道，他进了奥斯威辛集中营，万念俱灰，觉得每天用脏水清洗自己的身体毫无意义。一天，他见到一位同为囚犯的"军人"，年近五十，上身赤裸，就着脏水擦洗，虽然效果甚微，还是起劲地搓着脖子与肩膀。这位在第一次世界大战中得过勋章的军人说:"正因为集中营会把人变成野兽,我们一定不能成为野兽。""没有肥皂也必须用脏水洗我们的脸,用我们的衣服把自己擦干,必须把鞋擦亮不是因为规定如此,而是为了尊严与得体。""我们必须挺直了走路,为了继续活着,体面而有尊严地活过每一天。"在生命的尽头仍然保持体面的精神,给了他们奋力抵抗厄运的勇气,坚持活了下来,并赢得后世的尊重。

情绪低落、状态不好的时候,有的人整日浑浑噩噩,没心情打扮自己。可越是这样,自己的精气神都没了,一副没生气又邋遢的样子。相反,任何时候都保持体面,把自己打理得干净利落,这样的人精神饱满,风度翩翩,活出精气神。

谈吐体面

《礼记》中讲:"君子不失色于人,不失口于人。"真正的君子,举止慎重端庄,哪怕身处困境,也不会说失礼的话。言为心声,一个人的谈吐,体现其内心的修养。

1938年,杨绛一家生活在上海。当时上海沦陷,日本人四处设卡排查行人。

有一次杨绛乘车外出,遇到日本兵登车检查,全员起立,杨绛不愿配合,起身稍晚。一个日本兵走到她面前,粗鲁地抬起她的下巴。杨绛身为大家闺秀,不会骂人,于是大声怒斥道:"岂有此理。"杨绛直视日本兵,日本兵只得悻悻下车,杨绛侥幸逃过一劫。杨绛出身书香世家,说话总是慢条斯理,温文尔雅,面对再多的苦难,从没有一句恶言。这是刻在骨子里的教养,轻易难以改变。

真正体面的人,无论身处何种境地,都能管住自己的嘴,有话好好说。这是一个人的修养,也是一个人的福气。

吃饭体面

饭桌上见众生百态,窥众人心相。

有的人全程彬彬有礼:服务员端菜过来,必起身相让说一句"谢谢";倘若你明确表示滴酒不沾,就不会一味地劝酒;如果忍不住要抽烟,一定会去吸烟区解完烟瘾再进来。

有的人却总是做一些"不体面"的事:他们在酒桌上吹嘘着自己的酒量,口头禅就是那句"不喝就不给我面子";喝到兴起,直接在饭桌上吞云吐雾；或是聊天聊到激动之处，站起来唾沫横飞。

真正的体面在于处处念及他人的感受，更不会强加自己的意愿在他人身上，同时努力克制自己的欲望，让人感到舒服。你体面地对待他人，他人也会馈赠你体面。

体面不是锦衣华服、披金戴银，而是衣着得体、外表干净；体面不是黑墨镜、敞篷车，一路拉风，而是举手投足间让人如沐春风；体面也不是发达时，风光无限地起高楼、宴宾客，而是在失意时守住内心，泰然处之。

我们一路跌跌撞撞，会遇到许多坎，会碰到诸多不如意的事。但无论怎样，希望我们可以内心丰盈，不荒芜；希望我们可以花开烂漫，不枯萎。

保持好心态的 4 个习惯

人一生中非常重要的事情,是让自己幸福。人生的旅途中,没有谁是一帆风顺的,我们总会遭遇各种意想不到的困难。其实很多时候,没有过不去的坎,只有绕不过的心结。你想过什么样的生活,你想要的幸福是什么,只有自己最清楚。

拥有什么样的心态,就会拥有什么样的人生。心态好的人,处处圆融。

减少计较

有人问禅师:"修行需要下什么功夫吗?"禅师说:"饿了就吃饭,

困了就睡觉。"

那人又问:"一般人都是如此,难道师傅的修为就是这样吗?"禅师答道:"并不一样。别人该吃饭时不肯好好吃饭,偏要百般思索;该睡觉时不安心睡觉,还要千般计较。所以,我和他们不同。"

人生的高度不是取决于你看清了多少事,而是你看轻了多少事。有些人,不值得你浪费心力和口舌;有些事,放下才是最理想的应对方式。一个人的智慧,不是因为他拥有的多,而是因为他计较的少。不计较小事,才能卸下心灵的负荷;不纠缠烂人,才能避免无谓的争端。

人活一世,不可能所有事情都能满意,不亏欠别人,不委屈自己就足够了。抱着不计较、不纠缠的心态,接纳世间百态,淡定面对人生,境遇将大为不同。

对生活知足

"事能知足心常泰,人到无求品自高。"这副对联很多人高悬自勉,其意在于知足常乐,淡泊名利,修炼品格,修养身心。

"天下熙熙,皆为利来;天下攘攘,皆为利往。"名利对于普通人来说,如同鸟之爱惜羽毛,既难以淡然回避,更难于全然超脱。只有少数贤者，才能轻名利似浮云，重节操如泰山；即便在失意、挫折的逆境中，也能挺直腰杆而不失骨气与高洁，达致"无求"之境。

不嫉妒

人性有个缺点，总是见不得身边的人比自己过得好。其实，别人过得好不好，跟你毫无关系。但你嫉妒别人过得好，就会使自己活得不开心。

生活如人饮水，冷暖自知。其实，在这个世上，没有一个人真正活得容易。每个人都习惯把自己最好的那一面展示给别人看。但自己的苦、累、最不得已的那一面，也只有自己尝、自己受。所以，你不必过于羡慕谁，因为无论谁，都需要承受生活所给的压力和重担。甚至有时，看似风光无限的人，背后也有你熬不了的苦。所以，安心过好你自己的日子，才是最实在、最有意义的事。

平心静气

树从根发，人从心发。心净了，方获从容；心静了，便得淡然。

守好自己的一颗心，遇事不慌不忙，从逆境中寻找希望，人生终将幸福余长。

一天午饭后，两个同事坐在一起聊天，其中一个问："明天天气预报如何？"同事回答："会是我喜欢的天气。"这个人又问："你怎么知道正好是你喜欢的天气？"同事答道："我发现环境不是经常能如我意，所以，我便学习欢喜地去面对我所遇到的一切。因此，明天天气一定是我喜欢的。"

世事何尝不是如此？我们不能改变天气，却可以左右自己的心情；不能控制环境，却可以调整自己的心态。放下浮躁，心静自安。

生活，
一半诗意，一半烟火

没了烟火气，人生就是一段孤独的旅程。那么，何为烟火气？

有人说是夜幕降临，叫上几位好友，来到路边摊，点上毛豆、黄瓜、花生米，撸着串儿唠着嗑，拎瓶啤酒对嘴喝；有人说是到家后，母亲端来的那一碗热粥，是爱人在厨房"乒乒乓乓"的做饭声。

烟火气，人间最绵长的滋味。世事总有苍茫，人生总会孤单，唯有烟火气，方能抵御这琐碎的日常，生命的无常。充满烟火气的生活，才是最诗意的生活。

有烟火气的人,无论身处何种困境,总能在柴米油盐里找到对生活的热忱

北宋绍圣四年(公元1097年),苏轼被贬到海南儋州。在那个年代,儋州到京城"鸟飞犹是半年程",儋州无疑是一片"蛮荒瘴炎之地"。而此时的苏轼已经60多岁了,可见日子将有多难熬。

果然,到了儋州后,"天气卑湿,地气蒸溽"。苏轼在《与程秀才书》中写道:"此间食无肉、病无药、居无室、出无友、冬无炭、夏无寒泉。"但即便是这样的环境,他也找到了生活的乐趣(美味的食物)——生蚝。

早在一千年前,我们的大诗人苏轼,就发现生蚝最好吃的做法是烤。他还特意给小儿子苏过写了一封信,开玩笑说,千万不要告诉其他官员,否则大家都为了吃生蚝贬到儋州,自己就没吃的了。

"东坡在海南,食蚝而美,贻书叔党曰:'无令中朝士大夫知,恐争谋南徙,以分此味。'"

明明已被逼到人生绝境,但在苏轼这里,却是"此心安处是吾乡",一点生蚝都能"食之甚美"。人生五味杂陈,不过一碗人间烟火。

别把酒留在杯里，别把话放在心里，有烟火气的人，大多都有人情味

老舍爱请朋友下馆子，为的不是那口吃食，而是能与好友"草草杯盘供笑语，昏昏灯火话平生"。

有朋自远方来，必定要请若干好友一起下馆子，闲聊至日暮；菊花开时，必定请一众好友来院子里赏花，还买上精致的"盒子菜"招待。平日里，对朋友能帮的忙都尽心竭力，所以老舍人缘极好。

好友吴组缃曾养了一头花猪，某日花猪绝食，把老舍急得三天两头往吴家跑，不停出主意，比如吃治疟疾的药，比如抱到床上盖被子闷汗……花猪病好时，老舍说了一句："到冬天，得分给我几斤腊肉。"敢情为的是那口猪肉！

日子在烟火中流淌，人情在烟火里滋长。一杯奶茶、一顿火锅、一次美甲，最是人间烟火气，或许更象征着可以随心而聚、被小确幸点亮的简单生活。

有一种烟火气，是一粥一饭与一人相守，有人为你粥可温，有人与你立黄昏

早些年看过一个故事。在尚未解决温饱的年代，一位老太太从邻居那里借来半碗米，煮了一碗香喷喷的浓粥，等晚归的丈夫回家吃。丈夫进了家门，老太太骗他说自己已经吃过了，丈夫不信，把这碗粥推到老太太面前让她吃，因为他知道媳妇身子弱。老太太舍不得吃，第二天早上热好给丈夫当早餐，丈夫一口没动，将米粥留给妻子做午饭。就这样一碗米粥推来推去，谁都不舍得吃，直至变了味。这两位老人，可能一辈子都没有对彼此说过"我爱你"，但他们的爱情却让人动容。

婚姻里多是寻常烟火，平常小事，并没有那么多的"有情饮水饱"。我们穷尽一生追求的细水长流的爱，其实就融在一间小小屋子里，藏在我们共同汇聚出的热闹而温馨的人间烟火里。

《哲思·智慧卷》

B

余生苦短，别让遗憾太长

命运赠送的礼物，
早已标好了价格

作家茨威格在《断头王后》里有一段描述：她意识到，命运对自己过于偏爱。她一路顺境，好运接踵而至。直到需要运用才智和能力来挽救自己和孩子的生命时，她才发现自己的生活一直空虚苍白，她不曾积攒任何与逆境争斗的力量。

命运赠送的礼物，其实早已在暗中标好了价格。欲戴王冠，必承其重。欲握玫瑰，必承其伤。

顺境要定

相比低谷与磨难，更应警惕的是前行路上的巅峰与顺境。

曾国藩初入仕途,锋芒毕露、言语狂妄,不仅失去了很多朋友,还给自己的前途平添不顺。后来,他幡然醒悟,在写给弟弟的诫语中说:"今日我以盛气凌人,预想他日人亦以盛气凌我之身,或凌我之子孙。常以'恕'字自惕,常留余地处人,则艰难少矣。"

人无千日好,花无百日红。人生在世,不要嘲笑任何人,因为我们永远不知道自己的未来会如何,福祸都在旦夕之间,所以要懂得惜福。

真正的智者,在逆境中铮铮若铁,坚守执着,绝地反击;在顺境中谦谦如玉,收敛锋芒,虚怀若谷,时时校准自己前进的目标,以应人生之万变。

扎根要深

《三国演义》里,曹爽怒讽司马懿轻而易举夺取了曹氏江山。司马懿却不以为然,颇为感慨道:"我挥剑只有一次,可我磨剑磨了十几年啊。"

金榜题名前,要熬过十年寒窗苦读。工作上的顺风顺水,需要暗地里下许多苦功夫。许多看似一蹴而就的成功,都要度过一段默默无闻的日子。

有一种毛竹，在最初的几年几乎没有变化。但几年之后，它会在短短几个月内疯狂生长，很快超过其他竹木。之所以如此，是因为在前几年的时间里，毛竹都在深深地扎根，不断蓄迸发的力量。

幸福要靠自己成全

幸福向来不会从天而降，那些我们眼里活得光鲜的人，背后付出的艰辛并不为外人知，其实过得并不比我们容易。

无论财富、事业，还是成功，一切追求都是有代价的，你能付出多少，便能收获多少。梦想不在别处，幸福要靠自己成全。

与其仰望别人的光鲜，不如做自己的掌舵人，蓄积能量，终有一日也会活得璀璨。

愿你羡慕他人之时，付得出同样的汗水；愿你身处荆棘之时，看得见来日的鲜花。

你想要的生活，只能你自己去创造。不辜负当下，不畏惧未来，踏实走好每一步，珍惜享受每一天。

所有幸福，
都源于内心知足

有人以为，要得到许多物质财富才算拥有幸福，于是他们常常被贪念和欲望所裹挟。

其实，幸福是一种感受。拥有好的胃口，哪怕青菜萝卜也可以吃得很香；拥有好的睡眠，哪怕只是一张窄窄的小床也会睡得安心和坦然。

幸福从来不是外在条件的堆砌，而是源于自己内心的感受，越是知足的人，越会感到快乐。

不要总是羡慕别人的生活

《庄子》里有一则小故事：独脚的夔，羡慕多脚的蚿，走起路来毫不费力;多脚的蚿,羡慕无脚的蛇,不用动脚也能前行;无脚的蛇,羡慕无形的风,可以来无影去无踪。

它们都不知足,也都没有发现,自己拥有的,正是别人羡慕的。

卡耐基在《人性的弱点》中说:生活中的许多烦恼,都源于我们盲目和别人攀比,而忘了享受自己的生活。

我们可以欣赏别人,但不能因此而失去自己的方向,更不要因此陷入得不到的执念或抱怨中。大家要走的路不同,但每个人得到幸福的背后都会付出很多坚持和努力。

世间万事,皆有因果。并非春色总在别人家,只是你没看到那些迎来春暖花开的人也曾熬过漫长冬季。

学会对生活知足

命运不会把所有的"美好"都"无私"地给予某一些人,每个人的生活,都或多或少有些遗憾。不同的是,知足的人会把目光投向自己所拥有的,发自内心地感谢上苍的眷顾;不知足的人则会把目光投向自己没有的,暗中比较,独自失落。

明朝著名的理学家胡九韶便是一个知足常乐的典范。年轻时,他为了一家人的生计，既要去私塾教书，又要到田里劳作，与多数人相比，他的日子很清苦。可他并不怨天尤人，甚至每天都会感念上天赐给自己的清福。为此，他的妻子时常抱怨："一日三餐均是菜粥，算什么清福？"胡九韶却这样讲道："我们有幸生活在太平盛世，不用担心战争兵祸，不用忍受饥寒之苦，家里更没有躺在床上的病人和身在监狱的犯人，这不就是人间清福吗？"

懂得知足的人，无论贫穷或富足，内心都丰盈无比，自成宇宙。

专注自持，胜过万千浮华

人生在世，知足者常乐，随遇者安之。

叶嘉莹先生便是如此。她青年丧母，中年入狱，老年痛失爱女。一生九十余载，大半在颠沛流离中度过。

如此坎坷的人生，按照常人的心理承受能力，早就崩溃很多回了，而她不仅不颓丧，反而从诗词中汲取坚强的力量，寻找到属于自己的那束光，活出不一样的风度。

创作诗词，研究诗词，传承诗词，能与诗词痴心相伴，便是她最大的满足。学术之外，她的生活过得极为简单：独处陋室，一日三餐，家常便饭。

2018年至2019年，叶嘉莹分两次将全部家产3568万元捐给南开大学。那是她的全部身家。风雨飘摇的一生，既有"掬水月在手，弄花香满衣"的确幸，又有"莲实有心应不死，人生易老梦偏痴"的超脱。

在清淡的欢愉里默默生长，在冷寂的简朴中自得其乐。

"我和谁都不争，和谁争我都不屑。"生活简单，不为俗世所累，反而能保其天真，成其自然。

以清净之心看世界，用简单心境看人生，轻轻走过岁月，不沾染一丝风尘。

学会知足、学会感恩、珍惜拥有，人生才会有滋有味有意义。

这才是最正确的生活态度

大多数人希望自己的生活富有意义,但是生活不在未来,只有重视今天,自我激励的力量才能绵绵不绝。

能自律

自律,指没有人在现场监督的情况下,自己要求自己,变被动为主动,自觉地遵循法度,约束自己的一言一行。

真正的自律,不是简单地坚持不懈地做一件事,还包括控制情绪,不因为外力影响自己的行为。

有一位叫爱地巴的人,每次跟人发生争执,他都快速跑回家,绕着自己的房子和土地跑三圈。然后他坐在地上想：我这么小的房子，这么少的土地，有什么资格跟人争执？于是，他气消了，开始努力工作。

几年后，爱地巴的房子越来越大，土地越来越多。即使他年纪很大了，每次跟人发生争执，他还是绕着房子和土地跑三圈。他的孙子问："为什么您一生气就绕着房子和土地跑圈？"爱地巴笑着说："我现在还是会生气，但生气时绕着房子和土地跑三圈后就觉得，我的房子这么大，土地这么多，我又何必跟人计较？"

自律，就是一种自我控制的能力。不拿别人的错误惩罚自己，不被不良的情绪所左右，不做过激的行为，保持坚定，维持内心的秩序，才是一种正确的生活态度。

有热情

人这一生，没有永远的遂心顺意。别因为一时的挫折，就否定自己的能力；别因为一次感情失败，就放弃追求幸福；别因为一次付出没有得到期望的结果，就躺平和摆烂。

每个人都是独一无二且充满潜能的。如果此时的你还沉浸在对现实的抱怨中，可以肯定，并非生活欠你一份满意，而是你欠生活一份热情。

也许这一刻你看不清前路，但只要有所期待、有所热爱，热情地过好每一天，你想要的东西终有一天会向你奔来。

不设限

一旦我们忘记生命的节奏和人生的意义，不愿迈开前行的脚步，就无法到达最美的远方；不敢放下眼前的安逸，终究无法得到持久的安稳。

人越长大，越容易觉得孤单，有时甚至会备感无助。但你还是要继续勇敢地走下去，因为你知道，除了披荆斩棘、自我成全，其实别无他途。

人生从来没有白走的路，也没有无缘无故的成功与失败，有的只是一分耕耘一分收获。世界美好，人间繁华，广阔天地大有可为，别过早给自己设限。唯有破除心中的藩篱，一步步走出自我的小天地，去开拓人生的大舞台，才能活得出彩。

这样，在年迈的时候，你才能问心无愧地对自己说，我这辈子认真地活过，没有浪费上天赐予的美好人生。

幸福的人生，就藏在这4个公式里

好人品＝好运气

老锁匠决定从两个徒弟中选择一个来传承他的手艺。为了考验他们，老锁匠让他们分别打开保险箱，用时少的人获胜。结果是大徒弟仅用了10分钟，而小徒弟却足足花了半小时。然后，老锁匠便对他们说："很好，你们都把锁打开了，那你们看到什么吗？"

大徒弟欣喜若狂："里面都是钱！"小徒弟支支吾吾道："对不起师父，我只顾开锁了，没看到里面有什么。"

老锁匠当即宣布小徒弟为自己的接班人，并意味深长地说道："做我的接班人，一定要有过硬的人品，心中只有开锁，无其他想法，才不会因私念而入室偷窃,害人害己。"

品格决定人生,它比天资更重要。

有些人,也许天赋不够、能力欠佳,但做人端正、做事靠谱,结局也不会差。好的人品,是人生的底牌,是成功的基石,是好运的入场券。

幸福 = 所得 ÷ 欲望

一直处在欲望得不到满足的焦虑中,是一些现代人幸福感越来越少的根源之一。

每个人对物质生活的要求不一样,很难有一个标准的答案。但有一点可以肯定的是:赚钱是为了更幸福地生活,但真正的幸福却并不与金钱的多少正相关。

有一个表述简单却含义深远的"幸福公式":幸福 = 所得 ÷ 欲望。它证明幸福与欲望是成反比关系的,在所得既定的情况下,你的欲望越小,幸福感越强。

清代的《解人颐》中写道:终日奔波只为饥,方才一饱便思衣。衣食两般皆具足,又想娇容美貌妻。娶得美妻生下子,恨无田地少根基。买到田园多广阔,出入无船少马骑。槽头扣了骡和马,叹无官职被人欺。

县丞主簿还嫌小,又要朝中挂紫衣。作了皇帝求仙术,更想登天跨鹤飞。若要世人心里足,除是南柯一梦西。

一个人如果不能控制自己的欲望,痛苦就会泛滥,日复一日,永无止境。别让你的欲望高过了你的能力。唯有懂得知足,才能保持常乐。

帮助别人 = 成就自己

人生在世,每个人都不是一座孤岛。很多时候,你为他人铺路,兜兜转转,最后也成就了自己。

汇涓流而成江海,积小善而成大爱。如果每个人都能存善念、献爱心、行善举,在别人遇到难处时搭把手、帮一回,在接受了别人的帮助后,继续把爱心与善意传递下去,将温暖播撒给更多人,凡人善举就能汇聚成爱心暖流,成为推动社会向上向善的强大正能量。

好脾气 + 好习惯 = 一生的福气

好的脾气,带来好的运气

《庄子》有言:不能容人者无亲,无亲者尽人。

如若控制不住情绪，他会被坏情绪反噬，落得荒凉的下场。

曾国藩在京任职期间，经常和意见不一致的同僚争论，致使"诸公贵人见之或引避，至不与同席"。后来，他自己坦言："我与官场性情不投，几至到处荆棘。后来幡然醒悟，一改前程，稍觉相安。"

养成好习惯，受益终身

培根有一句名言：习惯，是一种顽强而巨大的力量，它可以主宰人生。

当自律成为一种习惯，成为一种生活方式时，别人眼中的苦不堪言，就是你身上的自然而然。

乔布斯曾说："在你生命的最初 30 年中，你养成习惯；在你生命的最后的 30 年中，你的习惯决定了你。"

智者，懂得养成好习惯，默默成才；愚者，只会对坏结果耿耿于怀。

有一种成熟，
叫作先管好自己

管好自己的嘴

一天，苏格拉底的一位门生急匆匆地找到他，神情激动，语气慌张地说道："老师，我有一件事要告诉你……"苏格拉底迅速打断他的话，说："你告诉我的话，经过三个筛子了吗？"

门生不解地摇摇头，苏格拉底说："第一个筛子是这件事是真实的吗？"门生羞愧地低下头说："这件事我在大街上听来的，不能确保真实性。"苏格拉底又接着说道："第二个筛子是你所说的这件事是善意的吗？"门生很是惭愧，闷闷地说道："不，正好相反。"苏格拉底又说出第三个筛子，"这件事真的很重要吗？"门生表示道："其实不是很重要。"

苏格拉底沉吟道:"既然不重要,话也无善意又不能确保其真实性,那更不能随意说了。"

人生于天地之间,应学会谨言慎行,不该说的话不要乱说。

学会"看人长处、帮人难处、记人好处",不随意评价他人,不在背后诋毁他人,只有管好自己的嘴,才能修好自己的心。

管好自己的形象

管理形象不是肤浅,而是对自我的尊重和对生活的敬畏。人到中年,不同的形象里,藏着不同的生活态度,还有一个人内心的真实年龄。

谁都无法跟时间抗衡,但一个人的形象却可以由自己决定。不需要追求腹肌马甲线,管住嘴迈开腿就已足够;也不必追求奢侈的大牌,但起码要干净得体。要知道,人真正的衰老,从来不是年龄的增长,而是丧失了对美的热爱、对自我的要求。

无论何时,别跟生活认输,别向岁月低头。这世上最好的保健品,永远是你的不将就。

管好自己的情绪

想要管理好情绪,不应该"控制",而是让情绪"流动"。

要学会接纳各种情绪:喜怒哀乐,人之常情。该哭就哭,该笑就笑。

哭、笑、喜悦、悲伤,都是人的自然反应。接纳自己的不完美,接纳自己自然的感情流露。同时,也要学会释放情绪,合理放松,才是成年人的必修课。"人心宜疏不宜堵",释放了情绪,身心才会更健康,人生才会更从容。

管好自己的心

物随心转,境由心造,烦恼皆由心生。

从前,有位禅师发现小徒弟十分迷糊,沏茶倒水等简单的事情都做不好。于是问道:"你想学什么?"小徒弟说:"我想成为云游四方的大禅师。"禅师笑道:"连待客、倒水也做不好,又怎能成为大禅师?想要管理别人,首先要管理自己,做好当下的事,日益精进即可。"

生活同样如此,想得太多,只会让自己陷入迷茫,不如身体力行,做好当下该做的事情。

你的形象里，
藏着你的教养

一个人的教养、对生活的态度，藏在衣着打扮、言谈举止等外在形象上。

有一种尊重，叫衣着得体

著名主持人杨澜在留学时，打算找份新工作，但由于穿着随意，被面试官拒之门外。杨澜当时觉得自己能力完全能胜任那份工作，却吃了闭门羹，心情极度郁闷。她直接在睡衣外面裹了一件厚外套，愤怒地冲进一家咖啡店。被侍者引到空位后，她发现对面坐着一个衣着端庄、举止优雅的老太太，老太太临走时悄悄塞给她一张小纸条：洗手间在你的右后方。杨澜顿时羞红了脸,她忽然意识到,这样的打扮,有多不尊重自己,以至于让别人觉得我也不尊重她们。

一个人的形象,就是他的名片。若外表清爽、衣着得体,别人与之相处,会倍感舒服。

《弟子规》中曾这样写道:"冠必正,纽必结,袜与履,俱紧切。"

内在美的确重要,但外在的形象同样不可忽视。衣着得体,容止有仪,淡定而独立,是对他人的尊重,也是一种成熟的生活状态和人生态度。

吃饭的样子,藏着家庭的教育

礼仪专家金正昆曾说:"教养体现于细节,细节展现素质,细节决定成败。"很多时候,细节可以帮助我们更好地认清一个人。饭桌,往往能看出一个人真实的品性。

有教养的人,点菜时不会只考虑自己的口味,而会考虑其他人的饮食习惯;有教养的人,不会把喜欢吃的菜总是往自己这边转,不会在盘子里来回翻动,不会吃东西时喷喷有声;有教养的人,不会对服务员吆五喝六,颐指气使。

高才生王亮应聘某央企,因综合成绩及各项表现突出,进入公司高管参加的面试饭局。席间,他自觉言行举止相当得体,可是,应聘成功的却不是他。

王亮十分失望,觉得背后一定有不可告人的秘密。后来,人事主管告诉王亮,他确实能力超群,被淘汰的原因是,在面试最终环节的饭局上,他从来没有对任何一名服务员表示过感谢。

真正的家庭教育,就藏在小小的一方餐桌上,藏在一日三餐的吃相里。

对陌生人的态度,暴露了你的教养

有这样一则新闻,四名农民工在公交车始发站上车,面对空座却在车厢后部席地而坐。他们觉得自己衣服太脏了,怕弄脏座椅。司机师傅拉着他们坐在座椅上说:你们是为城市做贡献的,座椅脏了再打扫一下就行。

其实,陌生人就是自己的一面"镜子"。在"镜子"面前,你想怎么表现完全取决于你自己,但这面镜子可以暴露出你的教养。

比如,真正有教养的人,遇到任何问题都不会吝啬自己的微笑,他们懂得尊重别人,会时刻为别人考虑。

做人做事，
干脆利落

有一种高级智慧，叫"干脆利落"，不乱于心，不困于情，不念过往，不惧将来。

做事时，忧而不怠，果断前行

托尔斯泰说过："世上有两种人，一种是观望者，一种是行动者。大多数人都想改变这个世界，但没有人想改变自己。"

生活中，很多人总有太多想法，却从未付诸行动。

总是担忧未知的困难和可能的失败，在事情未做时就停下脚步。可这世间的任何事物，只靠猜测和想象，永远看不到其本来的面貌。

过度担忧不过是庸人自扰,只有尝试过,才会知晓最后结果。

万事皆有可能,又何必限定自己,裹足不前。纵观那些做事干脆、不偷懒、不将就的人,总能用行动验证想法,让人生这场赛跑赢得痛快酣畅。

拒绝时,干脆利落,不要拖泥带水

《人间失格》里有句话:我的不幸,恰恰在于我缺乏拒绝的能力,我害怕一旦拒绝别人,便会在彼此心里留下永远无法愈合的裂痕。

我们总以为拒绝一定要有合适的理由,但其实不是。比起言不由衷、模棱两可,干脆拒绝才是对对方负责。及时明确的拒绝,是一种修养,更是对彼此的尊重。

齐白石成名后,很多朋友都上门求画,他一开始不好意思拒绝,结果弄得自己疲惫不堪,以至于生了一场病。恰恰是这场病,让齐白石终于想明白了,他在客厅贴出了"告之":"卖画不论交情,君子有耻,请照润格出钱。""花卉加虫鸟,每一只加十元,藤萝加蜜蜂,每只二十元。""已出门之画,回头补虫,不应。""已出门之画,回头加题,不应。""告之"一出,朋友们就不好意思开口索画,白石先生终于"轻松"下来。

干脆果断地拒绝别人,可以为我们节约大量时间和精力。如果有些人因此要跟你绝交,那就与他们分道扬镳好了。

生活中的聪明人,大多数事情都能理清楚,不优柔寡断、不拖泥带水,不浪费他人时间,也不消耗彼此关系。

生活中,拿得起,放得下,毫不犹豫

人生痛苦的根源是什么?有人说:忘不掉、放不下、输不起。

从前有一个富翁,从来没有体会过快乐,于是背着家财万贯,到处寻找所谓的"快乐"。可任由他走遍万水千山,依旧不知快乐所踪。

一天,他正坐在路边唉声叹气,一个樵夫上前问他:"你怎么了?"

富翁没精打采地回答:"我虽有金银财宝,却找不到快乐的感觉。这到底是为什么?"樵夫放下那担沉甸甸的柴,擦擦脸上的汗水,舒心地说:"其实快乐很简单。对我来说,放下就是快乐啊!"听了这话,富翁恍然大悟:是啊!自己背负那么重的金银财宝,整天忧心忡忡,怎么会有快乐呢?

后来,他将钱财散尽,用来接济别人。放下了压在身上的重担,也放下了心灵的包袱,他终于找到了快乐。

人生就应该干脆利落些,拿得起,放得下,毫不犹豫,只有这样,才有更多的精力拥抱美好生活。

提升幸福感的 4 件小事

人人都想得到幸福,什么是幸福?"你不要总是希冀轰轰烈烈的幸福,它多半只是悄悄地扑面而来。"幸福,就是简单和纯粹的快乐。

欣赏自己

"欣赏者心中有朝霞、露珠和常年盛开的花朵。"坦坦荡荡地欣赏自己的人,更容易感到幸福。

三毛说:"一个不欣赏自己的人,是难以快乐的。"

欣赏自己,是一种"天生我材必有用"的自信和笃定。每个人都有自己的优点,都是独一无二的。悦人者众,悦己者王。我们的人生,会因为内心的从容而更加瑰丽，生活也会因为内心的淡定而更加幸福。

欣赏自己，你会发现，即便我们慢慢老去，我们的心也会永远年轻。欣赏自己所产生的幸福感，源于对自己的认同与接纳。

感受早晨的阳光，夜晚的月光

早晨，温暖的阳光从窗帘的缝隙中透进来。什么也不必想，什么也不必做，就已然有了好心情。

或是在本来该睡觉的夜晚，走出家门，享受独属于夜晚的宁静和月光的温柔。兴致来了，邀月光下的影子一起玩耍。

早晨的阳光和夜晚的月光，给人特别的仪式感：整理过去，期待未来，享受当下。

留一件旧物

一件渴望得到的新物，代表了人的欲望；一件经过磨合的旧物，见证了人的过往。所以有人说，"断舍离"的精髓在于舍弃不合理的购买欲，而不是一味地扔旧物。

常穿的衣物也就那几件，因为舒服、合身，能让人彻底放松。尤其是穿过一段时间的鞋，因为它和脚已经磨合妥帖，不必再担心任何隔膜。旧物与我们朝夕相对，早已沾染了主人的习性、记忆，不仅能给人带来安全感，还沉淀着旧时光的温情，有铅华洗尽的素雅。

总有一件你舍不得扔的旧物，它陪你去过很多地方，见证了你人生的重要时刻，现在你看着它，就仿佛回到了那些美好时光。一件旧物是感情的载体，温情的延续。

读一本好书

好书如知己。当你读一本好书时，会突然出现一个想法：这本书懂我。作者可能在几个世纪前就去世了，根本不知道你的存在，但是他们的笔墨仿佛是你的口吻，好似你向他们坦白了自己的秘密，然后被他们写进故事里。

这本书也许像《哈利·波特》一样有万千读者，也许只是你慧眼识珠，发现了被别人忽视的宝贝。

每个人都有一些难以言表的感受，要么是不知道怎么说，要么是不敢说，害怕听到的人不理解，甚至换来冷嘲热讽。

作家范雨素曾写道：我的生命是一本不忍卒读的书，命运把我装订得极为拙劣。

一本好书，能够理解我们的感受、接纳我们的困苦。我们无法表达的开心和难过，在书里得到了释放，让我们体会到一种"你并非一个人"的幸福感。"当时只道是寻常"，幸福来临时，只觉得生活简单快乐，过后才恍然，原来我拥有那么多幸福的时刻。

每个微小但闪亮的瞬间里，其实都藏着我们向往的生活。

8个高赞回答，
越早明白越受益

路上人们行色匆匆，都在为生活奔走，但或许我们也应该适时停下来，审视自我和世界，思考人生的意义。

人活着不能漫无目的，在真正了解我们为什么而活、怎么活之后，我们的所作所为才有独特的价值。

1. 怎么定义"想清楚了"

"想清楚了"就是以后出了什么问题，只能向自身找原因，而不能抱怨别人。

当我们不再完全依赖他人，不再推脱责任，不再放任情绪，我们才会变得成熟和理性，才能走好自己的路。

只有敢于为自己的行为负责，才能成为生活的掌控者。

2. 你最希望自己年轻的时候该知道哪些道理

很多时候，内心的感受，比外面的大道理重要。

亦舒在《印度墨》中说过一句话："我提着一个袋子，边走边拾。一路上拾起无数我不想要的东西。当我遇到我真正想要的东西之时，袋子已经装满了。"

世上最可悲的事情莫过于此吧！时间不可倒流，青春不可辜负。你可以自由自在，但是一定要清楚内心的感受，那是你一切力量的源泉。

3. 如何让这个世界变得美好

先让你自己变得更美好。

以清净心看世界，以欢喜心过生活，以平常心生情愫，以柔软心除障碍。如此，足矣。

4. 你是如何走出人生"阴霾"的

多走几步。

再长的路也有尽头,再黑暗的夜晚也会迎来清晨。生活远比想象中艰难,但是你也远比想象中强大。峰回路转,柳暗花明,前面总会有另一番美丽的景色。

5. 怎样做到"不抱怨"

自知者不怨人,知命者不怨天。

抱怨本身就是一味毒药,它会消磨你的意志,放大你的短板,到头来一事无成,受伤的只会是自己。

6."知行合一"到底如何理解

"知是行的主意,行是知的工夫;知是行之始,行是知之成。"知中有行,行中有知,二者不能分离,也没有先后。与"行"相分离的"知",不是真知,而是妄想;与"知"相分离的"行",不是笃行,而是冥行。

如果你喜欢做一件事,并且确认这件事非常重要,那么,站起来,走出去,赶紧做。

7. 哪些行为容易得罪别人,自己却不容易察觉

太把别人当自己人。

诚然,在这个世界上,我们每个人都是彼此的"客人"。掌握好社交的分寸感、边界感,是所有人的必修课。

过于热情不是维持良好关系的方法,与人相处最好保持一定的距离感。

相处舒服,才能越过乍见之欢,走向久处不厌。

8. 哪些行为是在浪费时间

思而不学和犹豫不决。

种一棵树最好的时间是十年前,其次是现在。临渊羡鱼,不如退而结网;望梅止渴,不如退而种树。

当努力成为人生的常态,那你的生活就会一直充满希望。

《哲思·智慧卷》

《哲思·智慧卷》

没有一个冬天不可逾越,
没有一个春天不会来临

许多人生的大戏，
到了中年才能看懂

有人说，人的生活从 40 岁开始。好像 40 岁以前，不过是几出配戏，好戏都在后面。

中年的妙趣，在于在相当程度上认识人生，认识自己，从而做自己所能做的事，享受自己所能享受的生活。

科班的童伶宜于唱全本的大武戏，中年的演员才能担得起大出的轴子戏，只因他到中年才能真懂得戏的内容。

没有一个冬天不可逾越，没有一个春天不会来临

有的人冬天特别怕冷，上身两件毛衣，加一件过膝的长羽绒服；

下身秋裤套上毛裤,再加一条棉裤,看起来特别臃肿,像头笨重的熊。他们总觉得冬天太漫长,让人只能蜷缩在角落里,不能痛快地出去玩耍,所以一直对春天翘首以盼。

人生如是,我们总要经历一些难熬的时光,就像这冰封的冬日、凛冽的寒风,仿佛让人看不到希望。

没有一个冬天不可逾越,但是越过了季节的变迁,更需要人心的成长。付出更多行动、释放更多善意,这才是我们真正期待的春天。

以独立之心,守住自己的良心

"照耀人的唯一的灯是理性,引导生命于迷途的唯一手杖是良心。"

做人讲良心。《尚书·立政》载,"文王惟克厥宅心",意思是周文王十分重视通过考核官员们的心地来选贤用能。古人讲究修心,目的是正心,校正自己的心态是不是符合天意、事理、人伦。心正则身正,身正则影直;心不正看什么都是斜的,干什么都是歪的。

"居上不骄,为下不倍(背弃)"。在上当有仁爱之心,在下当有忠孝之心;恕人应当宽心,律己必先责心;说话出于真心,交友应以诚心;安居先安心,乐业先乐心;见贤应有慕心,遇恶得有戒心;逢弱当有善心,临危须加小心。

常常正心修身,勤练"铁布衫""金钟罩",才有"金刚不坏之身";常常祛燥气、除湿气、去俗气,做到心静自然凉,海阔天更空。耐得住寂寞、受得了清贫、抵得了诱惑,才能不染纤尘,保持心地的善良、洁净和高贵。

无常,是人生的常态

世事难料,有得意,有失意,有顺境,有逆流,悲喜交织,苦乐参半。

老子曰:"夫唯不盈,故能蔽而新成。"

纵然旦夕福祸,悲欢离合,生命虽无常,生活却照样进行。

人生原本就是一个不断得到和失去的过程,喜欢的就去追求,想说的就勇敢表达,拥有的就好好珍惜,无法改变的就坦然接受。对名对利,得之不喜、失之不忧、宠辱不惊、去留无意。一切顺其自然,才可以在这无常的世界,保持心灵的平静与安宁。

懂得无常,才能经过人生的荒凉,才能到达幸福的彼岸。

接纳父母,就像父母接纳孩子

父母对我们照顾得无微不至,我们对自己的孩子也呵护备至,但作为孩子的我们,却时常不自觉地忽视已经年迈的父母。

人到中年,才明白"父母"二字。小时候,父母教我们成长。如今,我们也适当放慢脚步,等一等父母,帮着他们去了解这个多变的世界,跟上社会变化的步伐。

一手牵孩子,一手牵父母。

人类的智慧：
等待和希望

路遥在《平凡的世界》中写道："在这个世界上，不是所有合理和美好的都能按照自己的愿望存在或实现。"

的确，我们总是期盼幸福，追求快乐，事实上，人生不如意十有八九。

当岁月把你我拽入泥潭，与其自暴自弃，不如沉着应对。

于平凡中憧憬，盼岁月的欣喜。

1

蝉鸣一夏，却蛰伏几个四季；昙花一现，却等待整个白昼。所有的收获都是默默耕耘、默默等待的结果。

等待，原本就是生命中的一部分。我们经常会等一个电话，等一趟地铁，等着和相爱的人久别重逢。

把一颗种子埋到土里，要等它生根、等它发芽、等它开花，再等它结果。就连泡碗方便面，都需要等上三分钟。如果接受了这个事实，你会淡定很多，不会因为等待而焦灼不堪，反而有一种云淡风轻的悠闲。

三国时期，蜀魏相争。五丈原一战，蜀军远道而来，粮草运输不便。彼时诸葛亮疾病缠身，他深知战事久拖不利，急于速战速决。司马懿正是识破了这点，任凭蜀军在阵前叫骂，只管紧闭营门。诸葛亮心生一计，给司马懿送去女人的裙衫。意在嘲弄司马懿："躲在营里不敢应战，像个女人一样，算什么好汉！"司马懿仍旧不为所动，甚至将送来的裙衫穿在身上，笑纳了诸葛亮的这份"厚礼"。五丈原上，蜀魏两军对峙百日，直到诸葛亮积劳成疾，病死在军中。

蜀军不战而退，司马懿熬死了诸葛亮，不费吹灰之力就除掉了平生的劲敌，顺势掌控了曹魏政权。

真正厉害的人，懂得这个道理：等待是我们和时间之间的一场博弈，只有当自己具备了足够的实力，才能将大放异彩的机会牢牢抓住。

2

美国史学家卡维特·罗伯特曾提出这样一条定律：人生可以没有很多东西，却唯独不能没有希望。没有人因倒下而失败，除非他们一直躺倒或消极应对。

孟晚舟被加拿大警方拘捕，软禁于温哥华的住所长达两年零10个月。每一次戴着脚铐出庭的她，都面带微笑，没有一丝狼狈，被网友点赞：内心够强大，才能如此从容不迫。而据任正非说，每次打电话，女儿都在忙着学习，她准备读一个"狱中博士"。正如一张华为企业的宣传照上所写：伟大的背后都是苦难。

丰子恺说："人间的事，只要生机不灭，即使重遭天灾人祸，暂被阻抑，终有抬头的日子。"

越成长就会越明白：痛苦和磨难，注定会是人生的一部分。如果祈求一生不经历任何风暴，大概不会拥有一片海洋，而是终其一生活在小泥塘中。而面对风暴的来临，沉沦还是奋起，也只能取决于你自己的选择。

木心在《素履之往》中写道：所谓万丈深渊，下去，也是前程万里。

真正的强者，在身处低谷时，依旧能够保持淡然，充满生生不息的希望，因为他们明白谷底才是新生活的开始。

3

　　逆境中别放弃，熬过了，就是柳暗花明。真正的勇士，是在看清了生活的真相之后，依然过得舒适惬意。

　　多少人都是在感到快撑不下去的时候，又顽强地撑了一会儿，才等到云开雾散；多少人都是在快被打倒的时候，又顽强地站了起来，才看到峰回路转。

　　无论多难，都要对未来抱有希望。因为，你的每一次努力都不会白费，你的每一次坚持都不会被辜负。没有天生强大的人，只有执着不放弃的自己。

一切都会过去，
一切都将重新开始

珍惜当下每一刻

最近微博上有段话，引发了很多人的共鸣：这一年才刚刚开始，好像全世界就在以各种方式提醒我们要学会珍惜。

其实，无常本就是人生常态。只是很多时候，我们都习惯了等待，习惯了说来日方长，而忘了世间并无恒久之事。多少来日方长，最后都变成后会无期。

请从现在开始，好好珍惜。珍惜当下，不要等到失去才后悔，错过了才拼命挽回。

你已长大，父母却慢慢老去，他们需要你的关心。多给朋友打打电话，再好的友情，也需要用心经营，才会长久。多去牵起爱人的手，把平时来不及兑现的承诺尽可能完成，别把珍惜只挂在嘴边。

珍惜当下这一刻，你之所以拼尽全力去实现人生目标，是因为你懂得不犹疑，不错失，不给自己留遗憾。唯有如此，我们才能在无常人生中，真正收获和感知每一份平凡的幸福。

"挺住"意味着强大

有这么一句话：其实，我们根本不懂什么是坚强，不过是全靠死撑罢了。

撑过去，事情可能就成了，自己的境界和能力也提升了；撑不过去，就只能带着内心的创伤，重新来过。

所以，别管输不输得起，别想什么要不要坚强，对于不得不做的事，全力以赴，并快速调整策略、灵活应对不确定性就好。

人生实苦，唯有自渡。但咬牙苦撑的时候不要忘记，张弛有度，才是人生。如同急着赶路的人，遇上了暴风雨，再心急，也要学会停下脚步，找一处栖身地躲避风雨。

世事虽难测，但无论碰到什么样的境遇，都请选择从容面对，给自己多一点耐心和信心。只有张弛有度，才能进退自如。

一切都会过去

很久以前，一个国王想找一句话，这句话能让高兴的人听了难过，难过的人听了高兴。他找了很长时间都没有找到，直到一天夜里，他梦见智者对他说了一句话：这一切都会过去！

或许，你正享受鲜花掌声，好不得意；或许，你正病痛缠身，在逆境中挣扎。但请记住：这一切都会过去！

越是困顿不堪，越要做自己的太阳。时间久了，好事坏事，终成往事；大伤小伤，都会抚平。当你明白这些，就不再慌张，能够更好地去看待生活中的得与失。

有时，强者与弱者的区别不在于有没有悲伤，而在于排遣不良情绪的速度和能力。从旧情绪里越早抽身出来，我们就能为自己的人生争取更多奋斗的时间。沉浸在旧情绪里难以自拔，会让我们错失眼前该抓住的，徒生懊恼。

汪国真的诗中说："只要春天还在，我就不会悲哀，纵使黑夜吞噬了一切，太阳还可以重新回来；只要生命还在，我就不会悲哀，纵使陷身茫茫沙漠，还有希望的绿洲存在；只要明天还在，我就不会悲哀，冬雪终会慢慢融化，春雷定将滚滚而来。"

一切都会过去的，一切都会重新开始。熬过了最难艰的时光，你我终将迎来春暖花开。

越忙，
越要沉住气

忙碌，是生活的常态。甚至，每个人的生活都会有忙乱的时候，而你的处事方式都由你自己决定。

水静极而形象明，心静极而智慧生。任何时候，遇到突然发生的事情，都要记得先深吸一口气，然后平复心情，一点一点抽丝剥茧，把事情捋顺，再对症下药，切忌六神无主。

保持好心态，处事更从容

"志行万里者，不中道而辍足。"志向犹如前进的灯塔，目标越坚定，心态越笃实。

共和国勋章获得者黄旭华为研制核潜艇隐姓埋名30年,孜孜不倦、呕心沥血,没有因"一穷二白"而放弃,也从未因危险或诱惑而摇摆,他从容写道:花甲痴翁,志探龙宫,惊涛骇浪,乐在其中。

一个为理想搏击的人,决不会在困难面前当逃兵,更不会斤斤计较、满腹牢骚,而是以乐观的心态迎难而上,以淡泊的心态对待名利。"一个人若是没有确定航行的目标,任何风向对他都不是顺风。"心有所向,行有所达。坚定志向、矢志不渝,才能内心安宁、不再彷徨,最终战胜艰难险阻。

有时,保持好心态不仅是一种修养、一种境界,更是一种智慧。

哲人言,"经验丰富的人读书用两只眼睛,一只眼睛看到纸面上的话,另一只眼睛看到纸的背面。"

像读书那样,用一只眼睛观察表象,另一只眼睛洞察本质、探寻规律,内心自然就有底气;用一只眼睛察看万物,另一只眼睛审视自我,分清利弊、见贤思齐,自能收获沉稳练达的气质。

跳出思维窠臼,警惕"空间迷向",拒绝人云亦云,方能拓宽视野、增长智慧,让好心态始终相伴。

"世界如一面镜子:皱眉视之,它也皱眉看你;笑着对它,它也笑着看你。"以良好心态面对世事,始终保持微笑、振奋精神,不怕暗礁、不惧荆棘，生命总能绽放出新的光彩。

沉住气，才有掌控生活的能力

有段时间，毕加索每天都会抽时间画同一幅画，背景是阳台的铁栏杆，近景是一张桌子，一瓶葡萄酒，一把吉他。有一天，他的好友，音乐家鲁宾斯终于忍不住好奇地问："每一天都描绘同样的静物，难道你不厌倦吗？"

"因为每一个钟头都有新的光线，能让我看到不一样的酒瓶，不一样的桌子，不一样的世界。"这是毕加索给出的回答。

晚清名臣曾国藩说：当读书，则读书，心无着于见客也；当见客，则见客，心无着于读书也。一有着，则私也。灵明无着，物来顺应，未来不迎，当时不杂，既过不恋。

急躁的人大都有贪多求快的心理，殊不知，越是身处乱局中，越不能三心二意，否则往往会落个满盘皆输的结果。

饭要一口口吃，路要一步步走。遇到事情，要懂得化繁为简，从专注当下开始，把眼前的事情逐一有序地解决好，未来自会豁然开朗。

忙，要忙出价值

为了忙碌而忙碌，是自我感动式的假勤奋，是没有价值的付出。做任何事，必须有所突破。

真正有价值的忙碌，是花较少时间和精力圆满完成任务，是突破你原有的认知储备，让你收获成长的付出。

选择成长

想使忙碌更有价值，就主动选择做那些更有利于你成长的事情。的确，那些让你变优秀的选择，实现过程都不会很舒服。但请你相信，事情越艰难，最终的成果也会越丰富。

时间管理

制定你的时间规划，沉着镇静、实事求是地去执行。相信自己，一步一个脚印，稳扎稳打，你一定可以走出一条阳光大道。

远离干扰

事必专任，乃可贵成；力无他分，乃能就绪。

专心，才能成事。当你集中全部心力于一事一物，全世界都会帮你达成目标。

能够沉得住气，既是一种修行，也是一种能力。沉住气，你会发现，所有的经历，都是成长的印记；路上春色正好，未来皆可期待。

把日子过好,
比什么都重要

漫漫人生路,得与失、苦与乐、爱与恨、相遇与离别,各种情绪和境遇交织更迭,时常让人看不清楚:到底什么才是最重要的,什么才是最让人欢喜的。

是久旱逢甘露、他乡遇故知,还是洞房花烛夜、金榜题名时?

人生不像夜空中绽放的烟花,只求一时的绚烂璀璨。生活里更多的是三餐与四季的平凡恬淡、心满意足。

所以,把自己的日子过好,比什么都重要。

放下烦恼，我心不扰

古希腊哲学家埃皮克提图曾说："人不是被事情本身所困扰，而是被其对事物的看法所困扰。"

不知你是否也有过这样的感受：有时候觉得生活挺不容易的，总有一些烦恼把自己困住，想挣脱却又深感无力，甚至因此茶饭不思……

一味地放任自己沉沦于这种情绪中，往往无济于事。不如打起精神，做些有意义的事情，让自己先走出不良情绪的怪圈，再去想办法解决问题。就算什么事都不做，只是暂时静下来，先睡上一觉，醒后心中的烦恼也会释怀几分。

或是去散散步，看看花开，听听鸟鸣，在鸟语花香的惬意中，偷得浮生半日闲。即便难题还是摆在那里，但心态已然不同。心大了，面对问题时的烦扰就小了。

懂得知足，才能心满意足

有两个人非常口渴，跋涉许久终于找到一口井。两人喝水时一个用金杯，一个用泥杯。相比之下，后者觉得自己很贫寒，陷入了无尽的烦恼之中,其实他忘了,自己需要的是"水",而不是"盛水的杯"。

生活中,我们总是在追求各种各样的东西,有时明明已经拥有很多,却还是不想停下来。到头来,历尽磨难才知平凡珍贵,历尽险恶才懂坦荡难得,历尽争吵方知相伴就好,历尽繁华方明知足可贵。

有人说,人生最累的,莫过于站在幸福里找幸福,身在福中不知福。人不可能事事如意,心却可以知足常乐。

无穷岁月催人老,岂敢时光付水流。拥有小河,就为小河的细水长流而欢喜,别因得不到大海的波澜壮阔而闷闷不乐。拥有绿叶,就为绿叶的勃勃生机而欣然,别因看不到花朵的妩媚动人而郁郁寡欢。

无法重来的一生,好好爱自己

你善良,也许有人说这是虚情假意;你优秀,也许有人说这是运气而已;你感恩,也许有人说这是卑躬屈膝……

活在别人眼里,容易因他人的议论而乱了心神,将自己置于乱麻之中。一辈子不长,就算无人喝彩,也要懂得自我欣赏,过好自己的生活。

学会微笑

没有人会为你的痛苦买单,心情是自己的,时刻提醒自己:笑一笑,没什么大不了!

好日子是自己过出来的,你的笑容才是最美的风景。

学会自我欣赏

也许你在班里不是学霸,也许你身材不太好看,也许你工作业绩总是赶不上其他同事……但你有乐于助人的品格、积极向上的态度、坚定勇毅的执着。同事喜欢和你交往,因为你热情;朋友觉得和你在一起非常放松,因为你幽默……

即使只是一个普普通通的人,你也要学会自我欣赏,做一个充满自信的人。

学会照顾自己

没有人会照顾你一辈子,和你相处最久的人就是你自己,你最该依赖的人也是自己。

人要学会自己照顾自己,自己激励自己。凡事少依赖他人,多依靠自己。因为靠自己,什么时候都不会倒。

直击人心的 4 句话，
给辛苦了一天的你

有时候，身处困境，会感到生活是一条布满荆棘的黑暗隧道。但只要心中保留那一点微光，我们便能走到光芒万丈的天明。

"你狼狈的样子，一点也不丢人"

在微博话题"生活的狼狈时刻"中，一位网友这样写道：现在很多人，是没有退路的。感到失败和望不到头的时候，找不到所谓的"避风港"。

成年人的世界，可能会有一些不堪回首的狼狈时刻。或许是你加班到深夜，为了赶公交车摔倒在路边，可爬起来时却发现已经错过了末班车；或许是你本已被生活的重担压得难以喘息，又听到了更坏的消息。

但你要相信，总有一个人会默默听完你的故事，给你一个拥抱，让你知道这个世界上，寒冷与温暖同在。如果现在你还没遇到那个人，那就自己做那个人，再苦再难，也别忘了抱抱自己。

酸甜苦辣都是生活的常态，要相信熬过低谷，繁花自现。在寒风中奔跑的人，也许曾有过狼狈，但一点也不丢人。他们都是平淡生活里的英雄，狼狈只是为了造就更强大的自己。

余生苦短，别让遗憾太长

有人说，人生最大的遗憾，不是失去与离别，而是拥有时未曾好好珍惜，分别时也没能好好告别。

巴黎圣母院的一场大火不仅烧毁了卡西莫多最心爱的钟楼，还带走了很多人曾经的梦想。他们感叹道："我还没来得及看一眼，它就不在了。"

其实，人生无常，没有谁能走完一生却不留任何遗憾。每一个人都有过大大小小的错过，有些可以从头再来，有些却无法挽回。

有网友发帖说，从小到大，我最喜欢吃的食物就是奶奶做的月饼，那可谓是人间美味。今年，春天就计划好要和奶奶一起过中秋，后来却因为有临时任务回不去了。我原以为，这次没有空，还有下一次。可当听到家人告诉我奶奶中风离世的消息时，心里的那份依靠突然坍塌下来。

我们总爱说来日方长，但很多时候并不是这样，也许上一次陪伴就会成为生命中最后一次长情的告白。别再等来日，人生哪有那么多的下一次，好好珍惜眼前人，才是你最该做的事。

的确，生活中常有错过，但也不是徒有遗憾，你仍旧有机会把握余生的美好。那些错过的事物，都会成为你生命中的烙印，不断提醒着你，去抓住未来遇见的每一个值得珍惜的人和事。

指缝很宽，时光太瘦，一辈子真的很短，多留一些时间给父母、爱人、朋友，那些爱你的人。与其期待未来赚了钱再陪伴所爱之人的日子，不如珍惜眼下的时光，享受与他们在一起的幸福，不要等到失去之后才追悔莫及。

"永远不要丢失梦想和自信"

一位在杭州打工的小伙子,因生活工作不顺,在江边喝酒寻死。第二天酒醒后,他发现自己躺在江边的亭子里,身边有200元现金和一张字条。"钱可以再赚,命只有一条。我相信你是一位经得起风浪的人,只要不死,终会出头……有钱把事做好,没钱把人做好。"

人生起起落落,有些失去总是无法避免。但,总有人能在最艰难的时候,依旧顽强的奋斗,继续往前走。

知乎上有一个问题:你从什么时候开始体会到生活不易?一位网友回答:当我吃苦瓜不觉得苦的时候,因为生活比苦瓜苦多了。

真正的英雄主义,就是在认清生活真相之后,依然热爱生活;就是在黑暗中摸索着前行,仍能努力成为"光"本身,照亮别人。

"知道你也很累,请再坚持一下吧"

古龙在《多情剑客无情剑》里讲过一个故事:饭馆打烊后,两个厨子给自己炒了盘菜,找了壶酒,惬意地吃着饭菜,喝着小酒,乐得自在,每天这一两个时辰是他们最快乐的时光。

回顾过往,有人说:生不逢时,时运不济,天不作美,不如人愿。如果没有力气继续向前,不如卸下包袱,坐下来看看沿路的风景,再重新上路。

只要一直在路上,坚持下去,总会看到赢的希望,因为每个冬天过后必定春暖花开。没有人的生活会一直完美,但只要看着前方,满怀希望,就会所向披靡。

人一生中会经历的3种变化

哲学家尼采将一生中可能会发生的精神世界变化归纳为三种,分别是:骆驼、狮子、婴儿。

阶段一:骆驼

在我们的印象中,骆驼一直都处于被动状态,总是听命于外界,总是在遵从传统和权威。换句话说,骆驼是感受不到"自我"存在的。

原因一:"人之所以会陷入应该思维,是因为我们不断在外在世界中寻找被别人喜爱的'自我'标准,妄图根据这个标准创造一个理想的自我。"这是心理学家霍尼给出的解释。

原因二：我们逃避选择的自由，是因为从潜意识来说，我们并不想为自己负责任。

在我们的生活中，存在着两种截然不同的目光。一种目光注视着你，审视着你，只是为了看你是否符合他对你的期待。另外一种目光注视着你，欣赏着你，只是想看见你的真实存在。

每个人到这个世界，都是为了活出自己。所以，去靠近第二种目光吧。

阶段二：狮子

狮子代表的是一种具有主动精神的力量，它想突破所有的困难。这时，不合时宜的传统已经破灭，它要展现自由的精神，进入所谓"我要"的阶段，即从被动接受变为去争取想要的。

对过去的事狠一点，及时止损

就好比手里有一根针，轻轻握着不疼不痒，攥得越紧越感到刺痛。

心理学上有个概念叫"未完成情结"，就是意味着"本可以"，意味着不甘、懊悔和遗憾。

有些事物仅仅因为曾有过一席之地,但没有结局,让你对它的"完整性"产生了偏执。实际上,你不是跟事过不去,而是跟自己过不去。

人生得失无常,难免会有遗憾,心里装满过去,便无法容纳未来。

对"麻烦的人和事"狠一点,果断抽身

对"麻烦的人和事"狠一点,并不意味着不善良,而是有尺度,是明辨是非后的决断。

做个果断的人,别被感情牵绊,轻松过好自己的日子才最重要。

对自己狠一点,遇见更好的人生

有个故事说,一个年轻人找到苏格拉底,想学习哲学。苏格拉底带他来到河边,突然用力把他推到了河里。年轻人以为苏格拉底在跟他开玩笑,结果苏格拉底也跳到水里,并且拼命地把年轻人往水底按。年轻人慌了,拼尽全力摆脱苏格拉底,爬上岸。

年轻人愤怒地问苏格拉底,为什么要这样做。苏格拉底说:"我只想告诉你,做任何事情都必须有绝处求生那么大的决心,才能获得真正的成就。"

阶段三：婴儿

精神世界发展的第三个阶段是婴儿阶段，即"我是"阶段。

尼采说：孩子是纯洁，是遗忘，是一个新的开始，一个游戏，一个自转的车轮，一个肇始的运动，一个神圣的肯定。

《道德经》中提到"复归于婴儿"，说的是一种不为名利、知识、欲望所累的状态，很像哲学家海德格尔说的"本己之人"，也就是达到本真的人。这意味着一个全新的开始。

打开自己

英国诗人约翰·多恩在诗中写道："没有谁是一座孤岛。"

世界不是围城，没有人能活成独立的风景。真正认真生活的人，都愿意打开自己，向外求索。

强大自己

受制于人的人生，并不值得。马，尚且有不待扬鞭自奋蹄的自觉；人，也应该有不甘居后的志气。

新的一天，试着多学、多做、多思考，让技能傍身，把实践变真知，告诫自己永远清醒、理性,在日复一日的积累中,慢慢变强大。

追随内心

美国作家菲茨杰拉德说:"人间这一趟,你不应该为任何人而活,忠于自己才是终身浪漫的开始。"

愿我们追随内心,不惧各种指点和评价,只在生命的横轴上,活得五彩斑斓,走得气象万千。

行走，
是富养自己的较好方式

随着科技的发展，我们的生活越来越便捷。足不出户的生活，已成为现实。但长期宅在家中，也会带来一系列社会问题，有些心理需求无法得到满足。

爱尔兰作家沙恩·奥马拉在《我们为什么要行走》一书中，提出治愈内心创伤最简单可行的方法：定期行走。

行走，尤其是大量频繁地行走，是富养自己的较好方式。

行走，富养身体

勤走路，可以锻炼腿部肌肉，疏通各部位的经络。勤走路，是非常好的养生方法和生活方式。

北京冬奥会开幕式让导演张艺谋再次进入大家的视野。为了开幕式的各项工作顺利展开,他有时一天工作10个小时,同时推进9个项目;开会到凌晨2点已成为家常便饭。很多人都不敢相信,到了70多岁的年纪,张艺谋还有着如此旺盛的生命力。

其实,这背后,离不开他长期坚持的一个习惯。张艺谋说,无论刮风下雨,自己每天都会快走五公里。走到身体微微出汗,是最好的状态。

行走,不仅锻炼了他的体能,也使他比一般人看起来更有力量、更有朝气。爱运动勤走路的人,就是在和时间赛跑,你往前走的每一步,都会让你越活越年轻。

行走,滋养身心

在自然中行走,是对心灵最有力的滋养。

苏轼曾在写给友人的信中说:"晨兴疾趋必十里许,气损则缓之,气匀则振之,头足皆热,宣通畅适,久久行之,当自知其妙矣。"

每天早上,苏轼都快走十里路,走到全身发热,血脉流通,四肢舒畅。汗水的蒸发，帮他清理淤积的忧愁和困扰。负面情绪得以悄然释放，内心就能得到滋养。

行走，不在于走得多远，花了多少时间，而在于行走本身。专注地行走和短暂的闲逛，都能让你发现不一样的世界，不一样的自己。

行走，激发灵感

行走，能够激活"宕机"的大脑提升创造力。

作家梭罗曾说："我的腿一旦动起来，脑子里的想法也开始涌动，好像朝着低处泄洪，想法在高处源源不断地形成新的水流。涓涓细流从源头冒出，滋润我的大脑。"

通过行走，缓解大脑疲劳，恢复活力，让思绪得到梳理，灵感自然会涌现。那些费解的难题，兴许就有了答案。

行走，能够拓宽视野

现代社会的便利，让我们足不出户就能解决很多问题。只是，工具无法代替我们的大脑去认识事物，理解事物，也无法代替我们的身体去感受世界，体验世界。

行走，是拓宽视野、丰富认知的助推器；行走，可以锻炼思考能力，能够从不同的角度思考问题、看待问题，丰富了我们的认知。从某种角度说，行走的意义，就是在为你的认知世界绘制地图。

最好的学习，永远在路上。

人生最幸福的6个瞬间

席慕蓉说:"幸福,是心灵的醉意。"

人生能有"几回醉",又有多少人能够体味幸福的滋味。

在我们平凡而又不平庸的人生中,总有那么一些瞬间,让人热泪盈眶,被幸福包围。

大病初愈

等到失去时才懂得珍惜,是很多人的通病。拥有健康时,肆意放纵,经常熬夜,对养生常识不屑一顾,只顾享受当下的快乐。而当疾病来袭,才后悔莫及,叹一句"悔不当初,为时已晚"。

我们来到世上走一遭，缺少激情的日子的确乏味，但大病初愈后，我们才能看开了，想透了，明白一家人健康、和睦相处就是最大的幸福。

天大地大，健康最大。只要有健康，粗茶淡饭也幸福，平平凡凡已足够。

久别重逢

聚首和离别，是人生的主旋律，每个人都在不断经历一场又一场的相遇和别离。

诗人晏几道写：从别后，忆相逢，几回魂梦与君同。今宵剩把银釭照，犹恐相逢是梦中。那是天各一方的思念作祟，叫人辗转难眠，泪湿枕畔。好在，终有一日，花会重开，人会归来。

正如电影《你的名字》中一句台词所说：在距今已经很久远的那一天，我们就约定好了重逢。我知道，我会找到你。

经年别后，上天安排重逢，你我都已在岁月的淬炼中长成了最好的模样，笑着说一句："好久不见，别来无恙。"这大概，就是幸福最好的注解。

虚惊一场

　　韩寒说：有时候，"虚惊一场"这四个字是人世间最美好的词语，比起什么兴高采烈，五彩缤纷，一帆风顺都要美好百倍。

　　第二次世界大战的时候，一个盟军战士被敌人的子弹射中了胸口。被射中的那一瞬间，他脑海里闪过无数的画面：还没好好孝顺父母，还没向喜欢的姑娘表白，还欠可爱的小侄子一套乐高玩具……预想中的流血和牺牲并没有发生在他的身上。原来，刚好在上战场前，他往胸口口袋里装了6枚硬币，这些硬币成了一张厚厚的防护罩，帮他挡下了子弹。

　　最可怕的，是突如其来的意外；最幸福的，是虚惊一场。所以，生活中遇到难事和坏事，不要抱怨，乐观地对待与困难的每一次碰撞，命运会给你想要的爱与火花。

有人惦记

　　有人说，生命是一座孤岛，表面上人来人往，但大多数的人只会短暂地停留，转眼便消失了踪影。庆幸的是，总有那么几个人，不离不弃。

　　被人牵挂着、关心着、惦记着，本身就是一种幸福。

一位哲人说：爱是一种永无休止的惦念，有爱便有牵挂，而且牵挂得似乎毫无理由，近乎神经过敏。

没有哪一种牵挂，是不耗费时间与精力的，只有由衷的爱，才能衍生出时时刻刻的惦记。每次出门，有人嘱咐你，路上注意安全，到地方了记得报个平安；遇到坎儿了，有人拍拍你的肩说，有我在，我们一起扛过去；感到疲惫了，有人笑着对你说，快回家，饭已经做好了。

原来被人惦记着的感觉，是这般美好。就像万千灯火里，总有一盏明灯为你点亮；千杯百盏里，总有一碗热汤为你留着。

不药而愈

10多岁时，少不更事，觉得人活着不应该委屈隐忍，遇到看不惯的人、不顺心的事，总牢记在心，丝毫不肯退让；20多岁时，年轻气盛，事事要强，常因别人的误解而满腹牢骚，也会因恋人的离去而歇斯底里，不甘心就此作罢；30多岁时，冷暖自知，受过的伤痛交给时间治愈，尝过的委屈懂得慢慢释怀。

人一生，难免会交错一些朋友，错爱几个人，或是经受一些误解。有人以为，有些事情一辈子都不会放下，有些伤痛一生都无法痊愈。于是，内心不断地埋怨，总想着怎样报复回去。其实，时过境迁，想起过往，念起旧事，你忽然发现，自己早没有了以前的怨恨和不甘。陈年的伤疤，原来早已脱落，长出了新鲜的皮肉，更胜当初。

懂得放下，是一种人生智慧。放下不是逼着自己去原谅一切，而是选择向前看，让内心少受一些负累，在颠簸的岁月里多给自己一些温柔。

对过往释然的那一瞬间，没有悲伤，没有遗憾，有的只是神清气爽的洒脱，和以全新心态面对人生的幸福感。

来日可期

如果世界上有一千种等待，那么最好的那种，叫作来日可期。

人生实苦，但是每个人都得上路。如何在这漫长而艰辛的路途上，仍旧心怀希望？相信来日可期，相信前路璀璨，相信只要你步履坚定，便一定能窥见天光，拥抱光明。

正如《武林外传》中那首我们耳熟能详的歌中所唱："这世界真的也许有太多的你不如意，可你的生活虽然坎坎坷坷仍在继续。"

倘若心里有了期待，平常的日子也有了色彩。

《哲思·智慧卷》

《哲思·智慧卷》

D

当你强大,
整个世界才会对你和颜悦色

真正优秀的人，
从来都是不动声色

我们身边总是不乏这样一类人，举止平和，谈吐自然，喜怒不形于色，人群之中很难感受到他们的存在。

就在我们慢慢淡忘这个"不起眼"的朋友后，他却在某个时间、某个场合，被某些人谈论起来，谈论的焦点不是他的微小存在感，而是他不动声色地完成了看上去不可能完成的任务，让我们或惊喜，或震撼。

我们总是喜欢张开双臂，告诉所有人，我的梦想有多炫，人生规划有多酷，但绝大多数时候我们也仅仅停留在说说而已。于是，一次次呼喊着"我要跑步减肥变美，我要通过资格考试……"却一次次被现实嘲笑，最后，说说而已的梦想也就不了了之。

其实，当我们张牙舞爪地告诉全世界，我要实现梦想时，早已经有人不动声色地开始行动了。他们通常具备以下三种特质。

低调做人

在江西沧溪古村落的朱韶宅院，大门两侧有一对低头狮子，与其他宅门前昂首威严的石狮迥然不同。当年朱韶官至安徽池州知府，为人谦逊，以礼待人。这对罕见的低头狮子，就是他用来告诫后代子孙淡泊名利、低调做人。

低头不张扬，埋头躬身行，用行动诠释实事求是，一个人终将超越追名逐利的浅层需求，抵达更高的精神境界。

一个真正见过世面的人，大抵都是平和的。因为他们不用表现出与众不同，也能在平凡简单的生活中，活得从容和淡定。

不大惊小怪

我们常常说，一个人见识狭隘多指他的思维僵化，不能理解、包容和接纳社会的多元。

在生活中，总有一些人，只会按照世俗的标准来定义别人的成败得失。

在他们看来：创业就不如找份安稳工作有面子；不结婚，就一定是性格孤僻、傲气、太挑剔；挣不到大钱，就一定没出息……而事实上，每个人都有自己的人生选择和活法，世界就是因为各种不同，才会如此多姿多彩。

记得在知乎上有个提问，去过一百个国家，是什么体验？有个高赞回答是，能够接受别人有不同的三观以及其延伸出来的思考方式。

别人的三观、想法和决定，你不一定认可，也不一定赞同，但你至少要做到尊重别人，而不是片面地批评和非议他们。

一个真正见过世面的人，胸襟宽广，眼界开阔，能理解很多不同的人和事。

习惯于默默耕耘

顾嗣协《杂兴》中："骏马能历险，力田不如牛。"牛之所以成为人们讴歌的对象，在于它具有艰苦奋斗、吃苦耐劳、默默耕耘的品质。

近代国画大师齐白石曾给自己起过一个"耕砚牛"的绰号，勉励自己要像牛一样勤奋耕耘。他还经常对人说,"不教一日闲过",甚至还给自己立下每天必须画5幅画的规矩。正是因为像牛一样勤奋,他才最终收获"画虾数十年始得其神"的真功夫。

没有等来的辉煌,只有拼来的精彩。一切成绩的取得,都是在"不教一日闲过"中默默耕耘出来的;每个梦想的实现,都是在"一个汗珠子摔八瓣"中拼搏出来的。

成功从来都不是唾手可得的,要想静待花开,前提是你得默默耕耘。

当你强大,
整个世界才会对你和颜悦色

海明威在《老人与海》中写道:生活总是让我们遍体鳞伤,但到后来,那些受伤的地方一定会变成我们最强壮的地方。

当你强大时,整个世界才会对你和颜悦色。

苦难不值得称颂,但应学会接纳

偶尔环顾四周,成年人的世界各有各的不容易。

认识好久的朋友在考研路上再次壮志未酬;身边的同事因为失恋、工作不顺心,心情跌入谷底;隔壁的邻居因最亲近的人离世痛哭流涕……可如同一块块拼图一样,种种苦难也是生活中的一部分。

我们常说不经历深夜痛哭，不足以谈人生。大抵是因为所有的苦痛都会成为故事的花纹；今日所受的苦难，也都会成为他日之笑谈。

万般皆苦，苦过之后总有一味甜

高僧带小沙弥出去化缘，一路坎坷艰险，好不容易穿越荒漠，又遇到沼泽，周围还有一群豺狼环伺。小沙弥忍不住抱怨说："这种日子什么时候到头。"高僧笑着说："再坚持几步，也许你会觉得不虚此行。"果不其然，又走了十几里路，他们来到一处鸟语花香之地。高僧指了指前方说："这人生呐，往往在最深的绝望里遇见最美的风景。"

的确如此，守得住最难熬的日子，你也许能迎来胜利的曙光。万般皆苦，苦后甘来。

让自己强大，必须放下四样东西。

放下面子

为了得到诸葛亮这样一位得力谋臣，刘备在寒冬时节三顾茅庐，屈驾延请，至诚至真。以致诸葛亮能够自始至终赤胆忠心，为蜀汉政权"鞠躬尽瘁,死而后已"。

不要让面子成为你的负担。放下面子,充实里子,才能让自己更强大。

放下压力

人们常说,在一定程度和条件下,压力能转化为动力,激发人的斗志。

心灵的房间,不打扫就会落满灰尘。扫地除尘,能够使黯然的心变得亮堂;把事情理清楚,才能告别烦乱;把一些无谓的痛苦扔掉,快乐就有了更多更大的空间。

放下消极

很多时候,有的人感觉自己的生活总是有很多不如意。但仔细审视,会发现是消极在消耗自己。

消极是一种放弃。这也不可能,那也不可能,对成功和希望预先否定,也就给了自己放弃努力的理由。

消极也是一个陷阱,容易让人在一种不如意的境况中自我设限,不求改善。消极限制了一个人的潜能,同时也就是限制了进步、打开新局面的可能。

消极无异于人生的阴霾，需要从内心抛弃。主动应对困难，迎接挫折，或许人生会到达意想不到的境地。

放下过去

过去的事情再怎么纠结也无法改变，不如放下。

"中规中矩活着也好，放荡不羁活着也罢，早晨同样会到来。"无论发生什么，每天太阳都会升起。所以，不要过分纠结过去的事情，也别耗费太多精力揣测一个人，没事读读书，好好爱自己，才是忘记过去的开始。

累了，就放下过去，让心归零。

认真生活，
是一个人最了不起的态度

认真生活的人，从来不会被辜负

认真生活的人，懂得把小事做细做透

职场中，才华和能力固然重要，但认真和靠谱的态度才是让你走得长远的关键。认真生活的人，往往懂得把小事做细做透，日积月累下来，就会拉开与他人的差距。

认真生活的人，对不喜欢的事也能认真对待

对自己喜欢的事认真去做，或许相对容易，但对于不喜欢的事甚至是无聊的事，也能够认真对待，则是一种生活能力、人生境界，更

映射出其人生态度。

学会做饭,就是学会谋生和谋爱

会做饭的人,生活更健康

努力成为一个会做饭的人,为了自己的健康,也为了感受那份生活的踏实。

有爱的厨房,才是生活

一个人食,会更关注时间和口感;一家人食,则更关注食材的新鲜与质量。

努力成为会做饭的人,甘愿忍受烟熏火燎,是想让家人吃得更好。能用一餐饭来表达自己的审美情趣与精神需求的人,自然懂得从生活重压里抽出身来,过得有滋有味,风生水起。

厨房的温度,在很大程度上决定着一个家的温度。那方寸之间调和着人间五味,温馨的环境,香气扑鼻的饭菜,倾注了家人满满的爱意。我们在案板上细细切碎酸甜苦辣,在油锅里慢慢煎炒生活喜乐。

观天地,遇众生,见自己。虽名为做饭,实为修行。烟火气,是生活的最大底气。

爱好，就是你有趣灵魂的底色

好看的皮囊千篇一律，有趣的灵魂万里挑一，而你的爱好，或许就是你成为有趣灵魂的底色。

生活中你一定会有这样的感受：有些人，初次接触就觉得这人特别有趣，从他那里能感知到这个世界的新鲜和精彩，仅一面之缘就想与他成为朋友。

对爱好的坚持，让你活成真实的自己

"去做那些有趣和有价值的事，做自己热爱、真心喜欢的事，用你最好的方式度过你的一生。"

王小波说："趣味，是感觉这个美好世界的前提。"有趣的生活，源于内心深处保持的纯真，更源于在爱好投入中发现的生活的新奇。爱好，让你发现，美好是有趣生活的开端。

爱好，是有趣灵魂的养料

你的爱好里，藏着你的生活方式，更藏着你的认知。人要变得更有趣味，需要培养并坚持一两项有益的兴趣爱好。

你的爱好，会提醒你挣脱平庸琐碎的生活，体验一种新的生活方式，提升自己的认知层次，生活不再无趣，灵魂更加丰盈充实。如此，甚好。

一个人有这4个特质，早晚能成大事

能认清自己的位置

有一则寓言故事。一头驴费尽力气，终于爬上了屋顶。在人们的围观中，它得意地跳起舞来，不小心把屋顶的瓦片全踩碎了。主人见了大怒，用一根大棒子狠狠地打了它一顿。驴子委屈地说：为什么打我？昨天我发现猴子也是这样的，你却非常高兴。农夫说道："蠢货，爬上屋顶去跳舞，你以为你是猴子吗？别忘了，你是一头驴。"

驴子的行为很愚蠢、很可笑，但是在现实生活中，有些人并不比这头驴子聪明多少。这些人，缺乏自知之明，找不准自己的位置，感觉自己无所不能，结果弄巧成拙，被生活打脸，让他人耻笑。

而真正聪明的人，从来不会自以为是、迷失自我，而是对自己的能力有正确的评价，既不夜郎自大，也不妄自菲薄。

每个人适合的位置不一样，擅长的领域也不一样。找不准自己的位置，你纵有用武之力，但无用武之地，如同锅台上跑马，兜不了多大圈子。

找准自己的位置，你才有可能最大限度地发挥你的才能，施展你的才华。

学会低调

雪莱说：浅水是喧哗的，深水是沉默的。一个真正见过世面的人，一定是低调谦逊的。

所谓低调做人，是"桃李不言，下自成蹊"，是"非淡泊无以明志，非宁静无以致远"。

因为甘处低位所以才成就大海，头仰得太高帽子就可能掉下来。徐特立先生曾把"自是"看作"思想生命的一种病态"，认为这种人"无法吸收新的东西，就是思想的生命断绝"。

青年人前途远大，更当切忌自以为是，因为任何盲目的"自我感觉良好",都会对真理产生排斥心理,使我们与真知灼见隔离,与成功无缘。谦冲自牧,低调谦和,才能避免落入自以为是的深渊,对人生大有增益。

戒掉了玻璃心

有位央视主持人曾经这样描述自己的从业经历:"以前很怕别人拒绝,更怕别人轻慢。后来发现,被拒绝是认识世界的一种方式,被轻慢更是认识自我的最好方式,从这个角度看问题就再也不会难受,不会尴尬。每个人都有无助的时候,都有被轻视的时候,这是人生很重要的、需要承受和成长的部分,它无关尊严,只关乎看问题的角度和生活的况味。"

一无所有不可怕,可怕的是有一颗玻璃心。别让厚重又脆弱的自尊,断送了你的前程。所有的痛苦和委屈,不过是为了以后能更好地站起来,挺拔地活着。

善于自省，世事洞明

"人非圣贤，孰能无过"，关键是要认清自己的"不完美"。

从某种意义上说，自省精神是人生最大的财富，是让自己减少失误和错误、实现自我净化和提高的有力武器。

"泾溪石险人兢慎，终岁不闻倾覆人。却是平流无石处，时时闻说有沉沦。"危急时刻，人们往往会警醒自己，反省自己的不足，补齐自身的短板。而在平常时候，人们则容易失去警觉，自省机制失去效力，危险就会接踵而至。

做个简单人，
走好脚下路

生活中，我们要学会删繁就简，抛弃一切不必要的杂念和烦恼，珍惜当下，将时间投入在值得的人与事上。

大道至简，以简驭繁，才是最好的生存之道。

不被过多的杂念束缚

有些人做事时，总是无法保持定力，心存太多想法和杂念，无法心无旁骛地把事情做好。

其实无论干什么，都应该保持专注力，切忌浮躁。当你踏踏实实、认认真真、勤勤恳恳做事，时间终究不会辜负和亏欠任何一个真正扑下身子努力的人。可你有没有想过，我们所追求的，从来都是幸福和快乐，而不是杂念和苦恼。当你把心静一静，让一切回归原点，就会发现，生活的累一小半来源于生存，一大半来源于自己。

心若是小了，小事也成了大事，被杂念塞得满满当当；而把心放宽了，大事也成了小事，所谓"难题"就可以轻巧地解决掉。

感受专注极致的力量

"工贵其久，业贵其专。"用心专一、持之以恒，是古往今来成就一番事业的必备品质。

做事保持三分钟热度或许是激情使然，坚持一生只做一件事则是对意志力、忍耐力的综合考验。一个专注做事的人，必然是一个能够管好内心欲望、合理调节个人和外界关系的人。

有人说，世界上最厉害的东西是"时间 + 复利"。因为如果每天进步1%，一年之后的结果便是最开始的37.78倍。一点点改变，一天天坚持，迟早会带来质的飞跃。

要想充分享受时间的复利效应，必须专心专注。从现实来看，专注是克服时间碎片化、精力分散化的必然选择。"守少则固,力专则强。"

剪去人生之树上不必要的"枝丫",主干才能充分吮吸养分,向上生长,枝繁叶茂。当专注成为习惯,就会内化为一种强大力量,支撑我们把每一件事做到极致,踏上事业精进之路。

做回自己,轻装上阵

宋代禅宗大师青原行思曾提出参禅的三重境界:参禅之初,看山是山,看水是水;禅有悟时,看山不是山,看水不是水;禅中彻悟,看山仍然山,看水仍然是水。

参禅如此,人生亦如此。有人说,人的一生大致要经历三个阶段:不明世事地活着;为别人活着;做回自己。

庄子的淡泊、陶渊明的闲适皆是简化欲望、简化生活,一切都适时、适量,顺应天道,不求过多,也无需过多。内心简单通透的人,会散发出迷人的气质。任凭窗外风吹雨打,闲看庭前花开花落。

简单是我们智慧的选择,是我们人生幸福的所在。不去追求无用的交际圈,而是珍惜好身边的每一个人;不被过多的事情捆绑自己,活在当下,纯粹地坚持自己所爱;每一天都以坚定的步伐,踏实地走好每一步。当你学会以简单的心来看待纷繁世事时,定会看到人生最美的风景。

愿我们都能在利益得失中活出自己的澄明和坦荡，在浮躁不安中活出自己的沉着和淡定，在纷繁芜杂中活出自己的简单和纯粹，活出生命的意义。

丰富自己最好的方式

修炼外表

叔本华说,人的外表,是表现内心的图画。一个人对待生活的态度如何,看他的外表就知道了。

若对生活心怀热爱,那么他一定让自己端庄得体;若常日邋遢,不修边幅,那么他的生活大概是没有光的。

修炼外表,无非"自律"二字。一是身体自律。无论生活有多忙,抽点时间去运动;无论工作多累,花点精力去锻炼。身体有活力,长相也随之年轻。二是内心自律。对待生活中的烦恼,该忘的忘,该放的放。少一点计较,多一点宽容。心无郁结,眉头舒展,眼神温柔,外表从容优雅，内心云淡风轻。

修炼谈吐

让人赏心悦目的，也许是恰到好处的装扮；而让人久处不厌的，更多是因为不俗的谈吐和高雅的修养。

"说话有讲究，听话有艺术。"语言比镜子更能反映一个人的精神面貌和最真实的修养。有的人为达目的咄咄逼人，有的人为了炫耀而滔滔不绝。然而，点到即止才是大智慧。出言有尺，嬉笑有方，不过度炫耀，不过分强势，是一个人高级的情商。

修炼学识

知乎上有这样一个问题："经常看书和不看书的人，究竟有什么区别？"其中有一个高赞的回答：小说读多了，你会看到各种跌宕起伏的人生，以后无论面对什么事，都仿佛是内心曾经体验过的桥段；历史读多了，你会见到各种被命运洪流挟裹的微小个体，世事既定又多变，往复循环；社会学读多了，你会发现那些司空见惯的事情都各有缘由……

一个人读的书里，藏着他走过的路，看过的风景，以及历经多年积淀形成的思考和判断。一个人能否成功，不在于你是否站在前人的肩膀上，而在于你自身的知识储备与文化底蕴，是否足够支撑着你一直向上走。

读书，就是在为自己的人生寻找另一种可能，发现更多种不同的活法。

以勤养财

有句古话说："人勤，穷不久；人懒，富不长。"

一个人踏实肯干，不怕吃苦，不怕受累，就能逐渐摆脱困境；一个人手懒心散，什么也不干，什么也不做，只会坐吃山空。

晚清名臣曾国藩，把"勤"字当作兴家立业的根本。他在给次子曾纪鸿的家信中写道：尔年尚幼，切不可贪爱奢华，不可习惯懒惰。无论大家小家、士农工商，勤苦俭约未有不兴，骄奢倦怠未有不败。曾家世代以此为训，为家族兴旺培养了勤勉的好家风。

吃得苦中苦，方为人上人。趁年富力强时，多收获一份成果，就多一分生活的底气；多准备一份积蓄，就多一分选择的权利。

以静养心

老子曾言："归根曰静，静曰复命。"

当你静下来时，世界才会变得明朗，内心才会感到平和。汪曾祺曾在文章里写道，他每天早起会泡一杯茶，在家里的旧沙发上静坐一小时，这个习惯，他坚持了多年。他说，只有把心安定下来，才能更好地思考和自省。

好的人生，需要静下来，时时观照自己。

任周围车马喧嚣，你自有"南台静坐一炉香，终日凝然万虑亡"的淡定。任岁月不堪回首，你自有"虎啸龙吟凌云志，落花流水平常心"的洒脱。任世事跌宕起伏，你自有"回首向来萧瑟处，归去，也无风雨也无晴"的豁达。

每份工作都是一种修行

1

有一位地方官常去听王阳明的心学讲座,每次都听得津津有味,偶尔会呈恍然大悟之态。几个月后,他却遗憾地对王阳明说:"您讲得真精彩,可是我不能每天都来听,身为官员,好多政事缠绕,不能抽出太多时间来修行啊。"王阳明反问道:"我什么时候让你放弃工作来修行?"官员吃惊地说:"难道在工作中也可以修行?""工作即修行!"王阳明斩钉截铁地回道。

日本"经营之圣"稻盛和夫也曾谈道:人哪里需要远离凡尘?工作场所就是修炼精神的最佳场所,工作本身就是一种修行。

2

刚入职场的人经常会碰到这个问题：现在从事的工作不喜欢该怎么办？辞职吧，怕找不到更好的；继续适应吧，这份工作自己却不喜欢。看上去好似无解，但聪明的人，无论这份工作自己喜欢还是不喜欢，都会干得漂漂亮亮、利利索索。

有的人眼高手低，看不上貌似机械重复的工作，却从未想过，即便是看上去再低级再简单的工作，也能分出个三六九等来。重要的不是你在做什么工作，而是你到底对这份工作持有一种怎样的态度。

有人说，对工作有两种选择：一种是"从事自己喜欢的工作"，另一种是"让自己喜欢上工作"。若没有从事自己喜欢的工作的好运气，那便试着让自己先去喜欢上手头的工作吧。

3

中国是"工匠精神"的发源地。所谓工匠精神，就是尊重你手中的工作，并把它做到极致。

有个河南的小伙子，高考落榜后，为生活四处奔波，几年过去一事无成。他对人生没有宏伟的规划，除了喜欢做点面食，也没有什么特别的技能。后来，他干脆一心学做面食，到专业学校拜师学艺。

一年下来，他已经将手中的面团玩得出神入化，可以用双手一口气擀出12张饺子皮，甚至轻松做出一桌全面宴，更令人啧啧称奇的是，他可以当众表演"拉面穿针"的技艺。凭着这个独门绝技，他成了迪拜的一名高级面点师傅，并由此接触到世界各国的王室成员、政要以及体育和娱乐界的风云人物。

他就是冯三峰。他用实际行动告诉我们，工作没有高低贵贱，只要你认真对待，总会出彩。

我们与其抱怨生活，不如试着全神贯注于一件事，然后在日复一日的劳作中锻炼自己的耐力，进而培养坚忍的人格。一只油腻腻的盘子在你的洗刷下变得光亮如新，一块脏兮兮的地板在你的擦拭下变得清爽干净，一件小小的工艺品在你的打磨下发出柔和的光……这些，都是你的价值所在。

你对待工作的态度，会实实在在影响你的精神状态。比如，在同一间办公室，有的人时常抱怨社会不公，工作待遇低；也有的人则表现得精气神十足，充满活力。这是因为，他们在同样的工作中表现出不同的人生境界。

不要把工作当成一件不得不去做的事情，认真去做每一件事，是对自己，也是对生活的一种负责。

生活，
永远不会亏待这 3 种人

认真生活的人，总有美好相伴

有句话说："没有一代人是容易的，每一代人有每一代人的宿命、委屈、挣扎、奋斗，没有什么可抱怨的。"

在人间烟火中生活的人，谁都有难的时候。如果你觉得生活苦涩，去看看凌晨四点的街道：辛勤工作的清洁工、正在备餐的早餐店老板……没有哪一份工作是不辛苦的，但他们身上总有一种令人感动的生命力：通过日复一日脚踏实地地努力，把生活过得热热闹闹。

当我们开始放缓脚步、认真生活时就会发现，一饭一蔬、一朝一夕的时光是如此美好。

一星陨落，黯淡不了星空灿烂；一花凋零，荒芜不了整个春天。无论眼下你正经历怎样的困境，都请相信：所有难过，难是难，但总会过……

在低谷时能够客观直面现实、不放弃希望的人，会走得更远，笑得更甜。

遇事自省的人，更懂善待他人

行有不得，反求诸己，未经自省的人生没有意义。

海涅说："每一次自我审视，都会带来新的成长机会，那些不愿意自我反省的人，往往不是别人放弃了你，而是你自己放弃了自己。"

一个人走错路、做错事并不可怕，真正可怕的是习惯逃避，习惯抱怨，不懂得反思，不懂得自省。

以己为镜，方能知进退。懂得自省的人，敢于承认自己的错误，不沉迷于掌声与骄傲，也不止步于挫折和逆境；懂得自省的人，宽容大度，凡事从自己身上找原因，哪怕别人出了错，他也不会随便给人难堪。

做好小事的人，才能成就大事

比起遥不可及的"大事"，做好每件小事，是成年人容易达到却很难坚持的自律。

有一位作家说过："你有没有改造世界的蓝图，我不在乎。我更愿意相信从小事得出的观察结果，你有没有耐心读完一本书，能不能控制自己的体重，能不能坚持跑步。小事做得好，此人不会太差劲。"

遇小事糊弄了事，生活也将敷衍你；立即行动，把任何一件小事做到极致，平凡的你将变得不平凡。

不松懈，不怠惰，不投机，一步一个脚印，这是经风雨、练筋骨的必经之路。慢慢地，你就会成为自己越来越想成为的那种人。

一个靠谱的人，即使是小事，也能做得认认真真；一个不靠谱的人，大事交给他，最终也会不了了之。看似毫不起眼的小事，最能反映一个人的真实品性。凡在小事上不厌其烦、精雕细琢的人，大事也能够胜任。

因为认真做好每件小事，是一种靠谱的品性，更是一种让人放心的能力。

一个人内心变强大的 5 个迹象

有远大目标和宏伟志向的人,不会被路边的碎石绊倒。

要想活成自己喜欢的样子,内心要有强大的定力和自制力,不以物喜,不以己悲,耐得住寂寞,挡得住诱惑,守得住清贫,坐得住冷板凳,不生活在别人的阴影里,朝着既定的方向前行。

那人生中,一颗真正强大的内心,又是怎样的呢?

内心强大的人,多按自己的节奏生活

看到别人报班学习,你也立刻追着报名,生怕落下一步;看到别人找到高薪工作,你也想着要不要给几家世界 500 强企业投投简历,碰碰运气；看到别人周游世界，你也想要不要辞职当个旅行博主……然而，一味追随着别人的人生轨迹，并不会迎来属于自己的人生。世界慌了，你的心也跟着乱了。

内心强大的人，不会被外界的标准左右，他们有自己的节奏，知道什么时候该干什么事。他们清楚地知道自己想要什么，知道一生会面临很多选择和变数，于是每一次的选择都遵循自己的内心，然后好好努力并安静等待，一切美好都自然会来。

内心强大的人，勇于走出舒适区

世界上总有一些人，喜欢走不平坦的路。因为他们深知生活中的舒适区，看似美好，但迟早需要为此付账。

当变化降临的时候，不敢走出舒适区的人就容易丧失生存能力，只能等待被淘汰。内心强大的人深深懂得优胜劣汰的道理，即使明知会遭受苦痛和质疑，他们也会大步向前，绝不回头。

内心强大的人，能够做到宠辱不惊

晚清名臣沈葆桢是林则徐的女婿，据说林则徐曾让沈葆桢彻夜抄写一篇加急公文。为了试试沈葆桢的耐性，林则徐故意把沈葆桢誊写了三四个小时的公文扔在一边，找借口让他重抄。沈葆桢尽管也已经十分辛苦，但是他丝毫不急、不乱，更不觉得委屈，默默地掌灯重写。沈葆桢誊写好后把文件呈给林则徐看。林则徐大悦：字迹清秀，丝毫不乱，比第一次犹有过之，此子宠辱不惊，未来必成大器。

越是着急，就越容易出错，这个时候内心会受到极大考验，那就请你慢慢来。

内心强大的人，擅于做减法

很多人喜欢囤东西，尤其舍不得扔掉一些毫无用处的东西。其实人真正需要的东西并不多，一旦堆积如山，反而会带来许多不必要的麻烦和负担。有时候，拥有的越多，面临的选项越多，越会陷入焦虑之中，越不知道该如何取舍。

内心强大的人之所以懂得断舍离、给生活做减法，是因为他们从内心里接纳了自己，他们明白安全感是自己给的，不是靠物品去填满。

内心越强大的人，越懂得控制情绪

很多人没有意识到，坏情绪会不断削弱内心的力量。如果让不良情绪控制了你的大脑，那你可能会丧失清醒的思考力、判断力、意志力，以及解决问题的能力。

尽管情绪这东西看不见摸不着，但是我们还是可以有效地控制情绪，如你可以在每次要发脾气之前反复问自己：我的怒气从何而来？我为什么要发脾气？发脾气有什么意义？

内心强大的人，不是因为他们成功征服了世界、征服了他人，而是他们勇敢地承受了一切，并为之付出了心血，承担了责任。

愿你做个内心强大的人，勇敢地抵挡生活的洪流。

《哲思·智慧卷》

《哲思·智慧卷》

E

愿你历经沧桑，内心依然无恙

一个家庭最好的状态，是做好 3 件事

家庭是个小型社会，家人之间的关系需要用心经营。

大事商量，不自作主张

无论在工作还是在生活中，人们常有这样的感受：有的事暗自憋着苦思冥想，往往理不清头绪；家里人坐下来议一议、商量着办，常能豁然开朗、事半功倍。

这里面，不仅蕴含着"三个臭皮匠赛过诸葛亮"的简单道理，更重要的是，在心往一处想、智往一处谋的过程中，由于家人们都朝着共同的方向汇聚目光，命运与共的意识得以不断增强，弥合歧见、达

成共识自然顺理成章。当众人拾柴的心气儿被一唤而起,"劲儿往一处使"就容易水到渠成。

毕淑敏说:"如果我是一个有思维的生命,我必须以同等的敬畏来尊敬其他生命,而不仅仅限于自我的小圈子。"

家和万事兴。商量,是避免矛盾的最佳方式,也是家庭兴旺的前提条件。

小事原谅,家庭兴旺

一家人同在一个屋檐下,难免磕磕碰碰。面对小摩擦,有的人选择包容与体谅,化干戈为玉帛;有的人却选择用争吵来解决问题。

然而,世间的事情不一定会按照自己的意愿去发展。摩擦生火,火苗若不及时熄灭,可能会造成无法挽回的结局。

生活中,有的人会因为鸡毛蒜皮的小事与家人吵得面红耳赤,甚至把在外面积攒的负能量带回家中释放。家是讲情的地方,用坏情绪去讲道理,永远也无法从根源上解决问题。

小事原谅,包容家人的小过错,家才会变得温暖而兴旺。

不用"寒门思维"教育子女

2020年高考放榜后,湖南的一对双胞胎学霸火了,兄弟二人分别以高分被清华、北大录取。这对双胞胎学霸的好成绩,有与生俱来的天分,也有他们后天的刻苦和努力。除此之外,两人的父亲赵忠琪也起到了至关重要的作用。赵忠琪没有渊博的学识,却清楚地知道:大山里的孩子没有别的出路,唯有读书才能改变命运。

有时候,寒门之寒,"寒"在父母眼界的缺失和先进教育理念的匮乏。

梁启超曾这样告诫子女,梁家是寒士家风出身,但寒士家风并不等同于寒酸,不能因为节俭而亏了身体,用于学习、增长见识的钱,该花就花。

家教,贵在自教,父母的言传身教和托底,永远是孩子触底反弹的底气。良好的家风,不论在什么时候,都是一个家庭兴旺的根本。

家庭是人生之中的第一所学校,一个人的行为、思想都和家庭的教育引导密切相关。人又是家庭的组成部分,家庭成员的一言一行,也会直接影响到一个家庭的氛围。

家人之间相互关爱,互为依靠,这个家才能团结安稳;对后代不过分纵容,循循善诱,他们才能独立自主,兴旺家业;树立良好的家风,家庭成员才会从中受到滋养,从而将一个家庭的美德世代传承。

人生最好的生活方式，就 3 个字

少

少欲

柳宗元有一篇寓言《蝜蝂》。蝜蝂（fù bǎn），是一种喜爱背东西的小虫。爬行时，无论遇到什么，就拿过来放在背上，渐渐地，东西越来越重，即使精疲力竭它也不肯停下，直到跌倒摔死。

很多人活得不幸福，像蝜蝂一样，欲望过多，却忘了人能背负的东西是有限的。内心的丰盈，源于欲望的减少，而非外物的增加。

少欲，知足，放下贪念，才是养心之法、善身之道。凡事以少为贵，少才能得到更多。

少怨

少抱怨，转换心态，豁达乐观，才是解决问题的正途。

白居易生来体弱，年少恰逢安史之乱，颠沛流离。中年仕途坎坷，屡遭贬谪，"谪居卧病浔阳城"，他却活到了75岁。他长寿的秘诀就在于：少抱怨，常开怀。卧病在床时，他笑着说："枕上愁吟堪发病，府中欢笑胜寻医。"年老中风后，他依旧笑着说："头风若见诗应愈，齿折仍夸笑不妨。"白居易在看清生活的真相后，仍然心中无怨，热爱生活，所以人生处处是风景。

生活再难，别忘了微笑；日子再苦，别少了乐观。少抱怨，积极乐观地对待一切，那么你的生活必将多姿多彩。

忘

听过一句很有道理的话："每个你无法释怀的今天，都将成为你耿耿于怀的昨天。"

很多时候，我们之所以过得不开心，就是因为记性太好。养生之道，贵在善忘。该忘的忘，该放的放，清空消耗自己的负能量，才能怡然面对生活。人生百年如朝露，活在当下；世间万象皆浮云，乐住心中。

有人说，人生就是一场边走边忘的旅行。忘却烦扰，才能内心晴朗；卸下枷锁，方能邂逅美好；心里无忧，身体才能无恙。

忙

罗曼·罗兰说："生活中最沉重的负担不是工作，而是无聊。"

闲一阵，是福气；闲太久，或许就是一场灾难。

人一旦闲下来，就会贪图享乐，安于现状，慢慢地无中生有，有很多时间胡思乱想，患得患失，在剪不断、理还乱的莫名情绪里迷失自己。不是时间太矫情，而是人心太做作。

"忙"也是全世界众多"大师"级人物的养生诀窍，比如贝聿铭80多岁高龄时，仍旧不知疲倦地工作，设计了苏州博物馆。工作对于他来说，是一种快乐。他笑称自己是"劳碌命"，每天就懂得埋头工作，有时忙到凌晨，待在博物馆里的时间一般会超过8个小时，仔细斟酌每一个建筑细节。

有人发现，每天凌晨4点，季羡林书房的灯就会亮起。他说："起来好去干活呀！"这样算起来，当时已经90多岁的他，每天的工作时间都会超过10小时。

人生太闲则别念窃生，太忙则真性不现。忙而有得，闲而有趣，才是人生最好的状态。

人生，有必须的忙，也要有必须的闲。只争朝夕的忙，是为了夕阳看花的闲。

忙出意义，闲出情义，让岁月在忙碌和闲暇之间，呈现最好的状态。

学会给生活做减法，幸福才会做加法

常言道："由俭入奢易，由奢入俭难。"这不禁会让人产生疑问：难道得到的越多就越幸福吗？其实不然，幸福源于给生活做减法。

拥有越多，越不满足

法国著名哲学家丹尼斯·狄德罗的朋友送他一件质地精良、做工考究的红色睡袍。他兴奋地穿上睡袍，却发现家里的装饰物件显得破旧不堪，与之格格不入。为了与睡袍相匹配，狄德罗更换了家具，整体的环境布置上了一个等级。但是，他却觉得失去了往日的舒适感，"自己居然被一件睡袍胁迫了"。

这就是心理学中著名的"狄德罗效应",即人们在拥有一件新的物品后,会不断添置与其相适应的物品,以达到心理上平衡。它揭示了一种"愈获得愈不满足"的心理现象,这在日常生活中十分常见。

买了一双新鞋,可能觉得如果有一件新衣服来搭配效果会更好,于是就去买衣服。按照这个思路,接下来会买挎包、耳环、项链等。买了一辆新车,为了防止落灰,可能会买个车罩;为了美观可能会购买车载装饰;为了欣赏高品质音乐,可能会加装一套高档音响设备;等等。

朴素有朴素的自由,奢华有奢华的障碍。

人们总是趋向于积累、增加、升级和发展,很少期望消除、减少、降级和简化。其实,生活中追求的东西很多都是无用的。一味地拥有和保存,只会让心灵承受过多的欲望和枷锁,进而感到身负重担、生活迷茫。

生活减法,幸福加法

一个人,如果什么都想要,很可能什么都得不到。学会给生活做减法,幸福才会增加。

对非必需的东西断舍离

生活中真正有用的东西,往往只占少数。与其把精力浪费在多个事物上,不如专注于某一个事物。

衡量幸福与否的标准,不是看你拥有多少,而是看你敢于舍弃多少。如果接受了第一个不必要的东西,那么外界和心理的压力会让你接受更多不必要的东西。

"三七法则"告诉我们:只有将生活中 70% 无意义的部分剔除,才能将 30% 真正有意义的部分修炼到极致,进而过上幸福的生活。

知足者常乐

俗话说:"人心不足蛇吞象。"知足,即不为物欲俘虏,满足以无为有。对于名利欲望,要有"得之我幸,失之我命"的心态。

少欲则心静,心静则事简。如果能看淡一切,不被欲望裹挟,就能感受到简单生活中所蕴含的幸福。

当我们为奢侈的生活而疲于奔波的时候,幸福会离我们越来越远。做人要知足,做事要知不足,做学问要不知足。

成长,是在给生命做加法;幸福,却是从给生活做减法开始。当我们开始简化自己的生活,清空内心的负累,就会洞见幸福的真谛。

人的一生，
要耕好这"三块田"

人的一生怎么才算成功？有个回答是："看一个人是否成功，就是看一生能不能做成三件事——写一本书，盖一间房，养一棵树。"

写一本书，是要有一份自己的事业；盖一间房，是要有一个温馨的家庭；养一棵树，是要有一个健康的身体。虽然每个人背景不同，起步不一，能力不等，但书本的厚薄、房子的大小、树木的品相完全取决于你花费了多少心思。

第一块责任田：事业

某杂志社曾针对60岁以上的老人发起过一项调查：你这一生最

后悔的是什么？高达92%的人表示，非常后悔自己年轻时不够努力，导致一事无成。

当拥有引以为傲的事业时，才有足够的底气应对人生的种种难题。孩子需要更好的教育时，你有能力不让他输在起跑线上；爱人想要改善生活时，你有能力满足其物质和精神上的需求；父母年老无措时，你有能力让他们安度晚年，不给自己留遗憾……

第二块责任田：家庭

也许在大多数人眼中，物质上的丰盈才是幸福，是成功的标配。可直到退休后才发现，一生所寻找的不过是一个家。

"欧盟委员会主席演讲时接老婆电话"上了微博热搜。当时容克正在阿盟－欧盟峰会上发言，手机突然响了三次，他中断演讲接起了电话，接完电话后笑称："这是'惯犯'打来的，我老婆。我必须停一下，因为她是不会停的。"网友纷纷戏称：容克怕老婆的事儿，全世界都知道了。

可更多看到的，却是一个丈夫对妻子依赖自己和耍小性子的包容。

一个人除了要有稳定的事业，还要有一颗忠于家庭的心。

第三块责任田：健康

人生是一场单程旅行，生命于人而言只有一次。

2020年，钟南山院士被授予"共和国勋章"。84岁高龄的他，上台领奖时仍健步如飞、脚底生风，身体状态丝毫不逊色于年轻人。能在这个年纪依旧保持年轻人的状态，都得益于他几十年如一日的锻炼。

都说人生是一场马拉松，拼的不是谁跑得快跑得远，而是看谁跑得久。还有句话说得很透彻：人生到了下半场，拼的都是健康。保持身体健康，不仅是对自己负责，也是对家人负责。

叔本华说："人受欲望支配，欲望不满足就痛苦，满足了就无聊。人生如同钟摆在痛苦和无聊之间摇摆。"

仿佛年轻时，我们都会这样告诉自己：等以后每个月赚到多少多少钱的时候，我一定会非常开心；等到我买了大房子，有了好车子，一定会非常满足。现实却是，口袋里有了比年轻时多得多的钱，幸福感却未必成正向上升。

有句话说，生活原不苦，苦的是欲望太多；心灵本不累，累的是攫取太甚。

贾平凹在《我最想要的生活》中的一段话，让人回味良久，院再小也要栽柳,柳必垂。出门旅游踏无名山水,无须购买门票,脚往哪儿,路往哪儿。门前冷落,就栽几棵翠竹,种几朵菊花。出门要挂一把旧锁,旧锁能避蟊贼破损门;屋中箱柜可在锁孔插上钥匙,贼来能保全箱柜完好。

人到了一定的年纪才会懂得,真正令人快乐的,不是金钱堆砌下的虚荣,不是物质浮华下的吹捧,它源于你的内心。用心活着,就能将日子过得熠熠生辉。

人生最应该坚持的 5 件事

苏轼曾写道:"人生如逆旅,我亦是行人。"漫漫人生长路,有哪些事,值得我们去坚持?

坚持思考

法国哲学家帕斯卡尔说:"人是一根会思考的芦苇。"

独立思考,是大部分人毕生都在追求的一种能力。无论是面对突如其来的天灾人祸,还是处理工作生活中的种种矛盾冲突,我们都应保持清醒的头脑,始终能够独立地思考,坚守自己的原则和立场。

永远都不要放弃独立思考的能力,要始终走在思考的路上。

保持内心的强大

正如丰子恺先生所说：既然无处可逃，不如喜悦；既然没有净土，不如静心；既然没能如愿，不如释然。

既然改变不了世界，不如试着强大自己的内心。林语堂说："只有人能把自己的境界提高一个层次，才不会因为近期的抑郁而伤怀。"

内心若足够强大，便能在平凡的生活里活出优雅和风度。

保持真正的自律

明代大学士徐溥效仿古人，不断检点自己的言行，在书桌上放了两个瓶子，分别装黑豆和黄豆。每当心中产生一个善念、说出一句善言、做了一件善事，便往瓶子中投一粒黄豆。相反，若是内心有什么不好的念头、言行有什么过失，便往瓶中投一粒黑豆。

开始时，黑豆多黄豆少，他就不断反省并激励自己。渐渐黄豆和黑豆数量持平，他再接再厉，更加严格要求自己。久而久之，瓶中黄豆越积越多，黑豆越来越少。

凭着这种持久的约束和激励，徐溥不断修炼自己、完善自我，终成德高望重的一代名臣。

从现在开始,开启你自律的新生活吧。努力让自律成为习惯,焦虑和迷茫自然会消失不见。

保持热情

日本有位名为柴田丰的老奶奶,98岁出版人生第一本诗集,100岁时依旧气质优雅,出门化着精致的妆容,手边还常备镜子和口红。她说:"即使是98岁,我也还要恋爱,还要做梦,还要想乘上那天边的云。"

若对生活毫无激情,青春年少也会迷惘度日;若对生活饱含热情,年过百岁也依旧朝气蓬勃。

走过人生一半的路,或许你的年少意气已被消磨殆尽,但请你整理好心情,重拾起热情,心中的梦想之火不灭,才能将日子过得风生水起。

保持分寸感

为人处世,一定要懂保持分寸。把握不好分寸,口无遮拦,百无禁忌,轻则会惹人厌烦,重则会惹祸上身。

嬉笑有度

开玩笑是日常生活中极为普通平常的事,但玩笑的目的在于调节气氛,如果不懂得把握玩笑的尺度,言语间就会有意无意伤害到他人。

"也许我们并不认为,自己的谈话方式是暴力的,但语言,确实常常引发自己和他人的痛苦。"

一个人对待玩笑的分寸感,往往能够看出他的人品。懂得尊重对方,才能让玩笑的感觉恰到好处,如沐春风。

做事有余

常言道:"凡事留一线,日后好相见。"人这一生,起落浮沉,难免得意,难免低谷。得意时善待他人,失意时善待自己。

无论何时何地,话别说太满,事别做太过。给别人留有余地,也是给自己留下退路。

愿你历经沧桑，
内心依然无恙

当看着别人在一步步向成功迈进，自己却碌碌无为时，该怎么办？

请告诉自己，别松懈，谨慎一些，不要因为岁月的催促而慌乱。别放弃，坚持一下，不要因为巨大的压力而退缩。

与其临渊羡鱼，不如退而结网。当你不知从哪里出发时，不妨先从这几件小事开始。

掌握稀缺技能，打造一技之长

有人说，让自己变得不可替代的方式有两种：一种是做别人做不了或者不愿做的事情；一种是把人人都能做的事情做到卓越。

在这个快速变化的社会，最好的"铁饭碗"是你的不可替代性。提升能力，精通专业，拥有一技之长，掌握稀缺技能，是对抗焦虑最好的办法。

坚持多做不喜欢但应该做的事

在没有压力的情况下，人就会变得懒散，做事拖拖拉拉，得过且过，十足一个平庸之辈。所以，每天要逼着自己去做一点不愿意做但有益的事情，人的潜力会得到激发，心性得以磨砺。

人生说到底，就是不断消除痛苦，逐渐变强大的过程。多做不喜欢但应该做的事情，能获得意想不到的成功。

有"绿灯思维"，保持独立思考

有人对"独立思考"有太多的误解，以为独立思考就是"孤独地思考，外加对抗整个世界"。正是这个错误观念，导致很多人义无反顾踏上杠精的道路。他们看到人生路上全是"红灯"，遇到什么事都开杠，不赢不罢休。其实，想独立思考，关键是要用"绿灯思维"来面对新的观点。

当一个人开始独立思考的时候,就是他最接近真相的时候。

丢掉玻璃心,练好钝感力

人与人之间的差距,是怎样拉开的?有认知、格局和思维方面的差异,当然,也有心态的不同。

人这一生,会遇到无数烦恼和挫折。玻璃心的人,往往会陷入情绪内耗,把精力都用在了抱怨或自责上,在一个个小问题上过不去,最终一事无成。

其实,成年人最好的自愈方法是:丢掉玻璃心,练好钝感力。正如,渡边淳一在《钝感力》一书里说的:只有对各种令人不快的毛病忽略不计、泰然处之,才能开朗大度地活下去。

这个复杂多变的世界,几乎没有人在乎你的玻璃心。

减少依赖,降低期待

把对人生的期待托付于他人,终究是不牢靠的事情。关系再好,也有淡去的一天,过度依赖只能给别人造成负担。没有人是你永远坚固的依靠,很多路终究要独自走过。

在这个世界上别太依赖任何人,因为当你在黑暗中挣扎时,连影子都会离开你。生活有时候会很苦,但是在最难挨的日子里,除了你自己,没人能给你光明。风雨人生路,请学会自己撑伞,一个人活成一支队伍,自己做自己的依靠。

心怀感恩与希望,人到绝境才重生

不要害怕失败,也不要害怕做决定,人生就是一个不断尝试和体验的过程。挫折背后是一个更强大的自己,失败背后是一个更优秀的自己。那些你以为过不去的坎,在时光的流转中,终究都会变成过眼云烟。

感恩生活的苦难,是一种接纳事实的勇气。不在失意中懊恼的人,同样也不会在逆境中气馁。以感恩的心面对逆境,苦难就变成了你的财富。

人生的顺境和逆境,很多时候全在一个人的心境。

生活简单就迷人，
人心简单就幸福

"小确幸"一词出自村上春树的随笔，意思是微小而确实的幸福。

现代生活节奏快，日常生活忙碌而平淡，有时小小的幸福，也会是我们生命中最美丽的珍珠。

抓住那些被幸福击中的微小时刻，为人生的小确幸欢呼吧！

1

只恐夜深花睡去，故烧高烛照红妆。

——《海棠》〔宋〕苏轼

担心夜深人静时海棠花独自开放无人欣赏，特意点燃蜡烛，照亮海棠的美丽。草木之美，乃自然之美，契合灵魂最温柔的部分。

2

举杯邀明月,对影成三人。

——《月下独酌》〔唐〕李白

没人一起喝酒怎么办？就把明月和影子当作朋友,让我们一起举杯欢饮吧!

3

兴逐乱红穿柳巷,困临流水坐苔矶。

——《郊行即事》〔宋〕程颢

春天到郊外游玩,兴致起时追逐着随风飘落的红色花瓣,穿过柳丝飘摇的小巷;感到困倦时,就对着溪边流水,坐在长满青苔的石头上休息。

4

坐睡觉来无一事,满窗晴日看蚕生。

——《春日田园杂兴》〔宋〕范成大

春天午睡醒来没什么事可做,趴在窗户上看看蚕。真是人生难得"半日闲"啊!

5

小娃撑小艇,偷采白莲回。

——《池上》〔唐〕白居易

莲花盛开的夏日里,天真活泼的小孩,撑着一条小船,偷偷地去池中采摘白莲。童年最珍贵的礼物,就是一颗童心。

6

纸屏石枕竹方床,手倦抛书午梦长。

——《夏日登车盖亭》〔宋〕蔡确

游完亭子之后,就躺在石枕、竹床上看会儿书;累了,随手把书放在一边,美美地睡上一觉。"人皆苦炎热,我爱夏日长"。在热与闹中求清净,以闲心雅趣求得凉意满怀。

7

开轩面场圃,把酒话桑麻。

——《过故人庄》〔唐〕孟浩然

到老朋友家做客，临窗而坐。面对着生机勃勃的谷场菜园，喝喝小酒，聊聊庄稼的生长情况，好不惬意。

8

有时逢敌手，当局到深更。

——《观棋》〔唐〕杜荀鹤

难得棋逢对手，不知不觉已经下棋到半夜。酒逢知己，棋逢对手，都是人生乐事。

生活就像一面镜子，我们对它微笑，它也会以微笑回应我们。当我们心中装满阳光时，就会发现，生活中有那么多的美好时刻。你的生活中，有哪些"小确幸"呢？

从今天起，
做个幸福的人

人一生中最重要的事情，是让自己幸福。你想过什么样的生活，你想要的幸福是什么，只有自己最清楚。愿你追随内心，勇敢出发，活成自己想要的样子，做个幸福的人。

初心

平凡的人因有理想而伟大，
有理想者就是一个"大写的人"。
……
请乘理想之马，挥鞭从此启程，

路上春色正好,天上太阳正晴。

——流沙河《理想》

从容

不乱于心,不困于情,

不畏将来,不念过往,

如此,安好。

——丰子恺《不宠无惊过一生》

磨砺

世界以痛吻我,

要我报之以歌。

愿你要的明天,

如约而至。

——泰戈尔《飞鸟集》

自爱

要自爱,

不要把你全身心的爱、灵魂和力量,

作为礼物慷慨给予,

浪费在不需要和受轻视的地方。

——夏洛蒂·勃朗特《简·爱》

友善

要做一个在寒天送炭,

在痛苦中送安慰的人。

——巴金

放下

因为你要做一朵花,

才会觉得春天离开你;

如果你是春天,

就没有离开,

就永远有花。

——顾城《顾城哲思录》

自我

做你自己,

因为别人都有人做了。

——王尔德

豁达

恰到好处,

是一种哲学和艺术的结晶体。

它代表的豁达和淡然,

是幸福门前的长廊。

轻轻走过它,

你就可以拍打幸福的门环。

——毕淑敏《恰到好处方幸福》

未来

生活总是这样，

不能叫人处处都满意。

但我们还要热情地活下去。

人活一生，

值得爱的东西很多，

不要因为一个不满意，

就灰心。

——路遥《人生》

所有靠物质支撑的幸福感，都不能持久，都会随着物质的离去而失散。

只有心灵的淡定宁静，继而产生的身心愉悦，才是幸福的真正源泉。养成六个好习惯，拥有获得幸福的能力。

作息规律

有句话说得好:"睡前放下一切,醒来便是新生。"如果你时常感觉精力不足,不妨从现在起,为自己制订一张作息计划表,每天都早睡早起。

相信不用多久你就会发现,能管理好早晨的人,常常会赢得人生。

开放心态

人都有维护固有观念的本能,但故步自封,绝对不是件好事。

不要总是怀有偏见,更不要盲目抗拒,因为很多时候,你拒绝的可能不是一件事,而是通往新生活的一扇门。

打开眼界,才能改变认知。

找到热爱

对于平淡的生活而言,热爱无疑是最好的解药。

泰戈尔写道:"当我们热爱这个世界时,才真正活在这个世界上。"

心有热爱,眼中自有光芒。去找到你所热爱的事,并为之全力以赴,才能活成自己喜欢的样子。

不断学习

停止学习后的大脑就和停止吃饭后的身体一样,是会垮的。

学习对一个人的重要性,不只在于习得新知识,更在于它能帮助我们保持深度思考,不断修正对世界的认知,对自我的了解,继而获得真正的成长。

让不断学习成为一种习惯,你所收获的,将会是应对生活最大的底气和智慧。

认真吃饭

用心对待每一顿饭菜,就是对自己最大的不亏欠。热爱生活的人,也许都是从一日三餐开始。

对懂得生活之美的人来说,人生的诗和远方,不在别处,就藏在一粥一饭的烟火气之间。静下心来,好好做一顿饭,用心品味,再辛苦平淡的日子,都有了属于自己的精彩。

学会感恩

学会感恩,做一个知福惜福的人,才能不辜负生命中一切美好的相遇和相伴。

生活的模样，取决于你凝视它的目光。你对生活有多少热情，生活就会回馈你多少精彩。

愿接下来的每一天，我们都能把日子过得越来越有滋味，让生活越来越有盼头。

《哲思·智慧卷》